為你縫補的翅膀

Killer —— 著

目次
CONTENTS

第一章

一覺醒來，深愛的男人已經消失無蹤，連一張紙條都沒留下，此後音訊全無；這種事對一個女孩來說，應該已經算是難堪到極點了吧？

萬萬沒想到，她居然還得在醫院的安寧病房和他重逢。

張杏榕一大早接到電話，告訴她前男友林家豪已經病危。她立刻衝進主任辦公室口頭請假，也不等主任答覆就衝出辦公室，連脖子上的工作證都忘了拿下來。

兩年不見，她完全認不得眼前這個人。

皮膚黃得嚇人，手臂只剩皮包骨，臉卻嚴重浮腫，五官全部變形。

不可能的，這怎麼可能是家豪？

那個只要淺淺一笑，就能讓她忘掉整個宇宙的家豪……

她不由自主地摸他的手。好瘦，好乾。就像一副枯骨，上面包著像紙一樣又薄又脆的皮膚，要是力道再重一點，那隻手可能就會化成粉末飛散。

她還記得被那隻手牽著到處走的感覺。家豪總是緊緊地握著她的手，手心的溫暖將她重重包覆。那感覺始終刻在她腦海深處，即使在這種時候，杏榕仍然能輕易地憶起他指尖因為彈吉他而磨出的厚繭，輕輕摩娑她手背的觸感。

「杏……榕……杏榕……」

乾裂，粗啞，帶著痰音，不仔細聽完全聽不出他說什麼。被歌迷們稱為「會讓人飛進天堂」的聲音，居然變得如此淒慘。

家豪並沒有看她，空洞的眼睛瞪著空中，顯然已經什麼都看不到了。

「對不起……杏榕……教室……拼布……對不起……」

雖然沒頭沒尾，杏榕還是懂他的意思。

之前家豪跟唱片公司發生糾紛，大筆的訴訟費跟和解金不但用掉了第一張專輯賺的錢，杏榕準備用來開拼布教室的多年積蓄也賠進去了。

「開……業……拜……託……鴻鈞……鴻……拜……」

站在病床另一邊的羅鴻鈞，伸手握住他另一隻枯骨手，輕輕點頭。

「你放心。」

鴻鈞是家豪和杏榕的大學同班同學，也是家豪的死黨。家豪入院後一直是他在照顧，打電話通知杏榕來見家豪最後一面的人也是他。

不知是不是聽到鴻鈞的保證，原本焦躁不安的家豪逐漸放鬆下來，閉上眼睛，呼吸也不再急促。

「杏……」

然後就結束了。

醫生護士宣布死亡時間就出去了，鴻鈞走出病房打電話，留下杏榕呆呆地看著已經離開的家豪。

就……這樣？

兩年來沒有一封信一通電話，好不容易有了消息，她居然只能看到他剩一口氣的樣子，聽他最後一句「對不起」？

她眼前發黑，抓住床邊的欄杆才沒昏倒。

這算是家豪的最後一個玩笑嗎？不愧是家豪，真的很難笑。

他們第一次見面的時候，家豪就跟她開了個無聊的玩笑。

那是大學入學第一天，她在台上自我介紹，才剛報完名字，家豪就在台下插嘴。

「『杏榕』啊，就是『紅杏出牆巴在榕樹上』的意思嘛。」

才剛開學就被當面吐槽，杏榕漲紅了臉，完全不知該怎麼應對。最後她只好假裝沒聽到他的話，快速講完自介匆忙下台，努力忍著不哭出來。

過了一會她才想到：紅杏又不是爬藤，怎麼會巴在榕樹上？真是沒常識！

不過，都已經下台了才想到這點根本沒有用。況且就算她剛才及時想到，她也不會開口反擊。杏榕從小就不擅長跟別人衝突，不管受到什麼委屈，她總是自己默默忍受。

下課以後，家豪過來道歉，卻是一副吊兒郎當的態度。

「好啦，我承認，我是因為自己被取了個超土的菜市場名，所以一碰到別人的名字很好聽就會嫉妒，然後就故意找碴。這位美女就原諒我吧，妳名字這麼美，心地一定也很美才對。至少妳不會三不五時跟新聞裏面的公車色狼撞名啊。」

什麼跟什麼？

杏榕忍不住笑了出來，氣也消了。氣消之後，只留下對家豪的強烈印象，然後印象一天天加深，等她注意到的時候，已經無法自拔了。

後來家豪向她招認，他是有預謀的，先故意講話激怒她再去道歉，藉機引起她的注意，結果這招確實有效。

聽到他的自首，她白了他一眼，心中卻覺得受寵若驚。男孩為了接近女孩，使用一點甜蜜的小心機，並沒有什麼不對。

當她明白家豪的種種輕浮舉止，只是為了掩飾內心的創傷的時候，更是無法自拔地陷了下去，只希望自己能給他一點安慰。

結果到頭來，她救不了他，反而把自己弄得滿身傷痕。

這一切她都可以忍受，至少在家豪離去的兩年之中，她不斷說服自己：是我自己要愛他的，是我自己選的，沒有什麼好怨的。

但是，她可沒有選擇要忍受眼前這一幕！

為什麼是現在？為什麼不早點跟她聯絡？如果有她在旁邊照顧，也許他的病不會惡化到無藥可救。至少她可以看到清醒的他，可以多聽他說幾句話。

她也有好多話想對他說啊！

鴻鈞走進來。

「禮儀公司馬上就到了。」

杏榕仍然看著家豪，感覺到身邊的世界像浸水的沙雕一樣，一點一點地崩解。

「為什麼……」

她想問鴻鈞為什麼這麼晚才找她來，問題才出口就停住了。根本不用問。

鴻鈞是家豪的死黨，既然是死黨就會無條件挺他到底，不管他到底做了什麼事。

也就是說，鴻鈞認為家豪跟杏榕分手全是她的錯。

當初他聽到家豪失蹤的消息，居然指著她大罵。

「一定是妳對他說了什麼難聽的話，他才離開的！我真不敢相信，妳居然會在他最悲慘的時候傷害他！」

搞了半天，原來在睡夢中被拋棄是她自己的錯？

鴻鈞開始動手收拾家豪的私人物品，杏榕這才把視線從家豪臉上轉開，打量默默做事的鴻鈞。

他臉色慘白，眼中全是血絲，西裝外套皺得亂七八糟，看來是好幾天沒換了，領子也沒翻好，頭髮更是亂得像被狗啃過。

鴻鈞是杏榕見過做事最有條理的人，任何時候都把自己打理得整潔清爽，畢業後進入銀行工作，對儀表更加注重。看他狼狽成這樣，顯然這幾天全心照顧家豪，過得非常辛苦。

雖然如此，杏榕還是無法原諒他沒有早一點通知她，剝奪了她跟家豪相聚的最後機會。

打從大學時代開始，鴻鈞就一直看不起她，認為她家境貧寒配不上家豪，而她總是一看到鴻鈞就神經緊張，連開口向他打招呼都不敢，更別提跟他吵架。

不過，都已經畢業這麼久，連家豪也不在了，她還有什麼理由要畏懼鴻鈞？就算她是全世界最沒用，最害怕衝突的張杏榕，在世界崩解的這一刻，還有什麼好在乎的？就算要直接上前給他一巴掌，她也做得到。

但是，不行。

她不能在死去的家豪面前做這種事。

禮儀公司的職員也來了，準備送家豪去殯儀館。

「妳先回家吧，等日子決定了再通知妳。」鴻鈞這話應該是對她說的，眼睛卻完全沒看她。

「我也要去！」

她從來不曾在鴻鈞面前這麼大聲地講話。

「妳去幹什麼？又不是家屬。」鴻鈞想也沒想地回答。

她不服氣。「你也不是家屬啊。」

「對，我不是家屬，只是朋友。不過，至少不是『前』女友。」他刻意加重「前」字，想強調她跟家豪早就沒關係了，但杏榕不肯退讓。

「我要去。」

大概是懶得跟她吵架，他沒再表示意見。

杏榕跟著推床走向電梯，一個沒留意，肩上的包包被勾住掉落，裏面的東西嘩啦啦掉了一地。

「你們先走，我馬上跟上。」她已經連羞愧的力氣都沒了。

鴻鈞仍舊看也不看她一眼，跟著禮儀公司的人一起帶著推床離開。

杏榕手忙腳亂地撿起地上的東西塞回包包，旁邊有個中年男子也蹲下來幫她撿。

杏榕向他道謝，快步走向電梯。只要搭下一班電梯，應該可以很快跟鴻鈞他們會合。

幫她撿東西的中年男子也跟她走同方向。他沒有穿白袍，顯然不是醫護人員。

「小姐，很遺憾妳家人往生，請節哀。」

杏榕勉強向他點頭，一面加快腳步。但是這人的話還沒有說完。

「我想請問一下，妳那位親人，是不是姓林？就是以前那個寫『光的翅膀』的林家豪？」

杏榕不由自主地停住腳步，盯著那男人。他一臉同情，卻遮不住眼裏的興奮。最重要的是，他寬鬆的外套裏面，掛著一台照相機。

顯然醫院裏有人通風報信，狗仔居然已經上門了。

「不是，你認錯了，抱歉我現在很忙。」

她加快腳步想遠離這人，對方卻不肯放棄。

「小姐妳別這樣，我沒有惡意，真的沒有。我以前就是林家豪的歌迷，他寫的歌我都很喜歡，聽到他往生我也很難過。我覺得他一直被人誤解，應該要還他一個公道。妳要不要跟我談談他呢？妳是他女朋友吧？」

杏榕拔腿跑開，沒時間等電梯了，她衝向樓梯間。那狗仔還在後面追她。

「小姐，在安寧病房這樣跑不好啦，我只想佔用妳一點時間談談林家豪，只是談一下有什麼關係？」

男人的一隻手已經搭上她肩膀，杏榕使勁掙脫，卻沒留意腳下，直直從樓梯上摔了下去。

她眼冒金星，模糊的視野裏仍然可以看到那狗仔拿著相機朝她猛拍，然後一個人影用力推開狗仔。

「杏榕！」

是鴻鈞。他一把將她抱起，衝向急診室。

＊　＊　＊

檢查的結果，杏榕右腳扭傷，頭部有輕微腦震盪跡象。

安寧病房的主任向杏榕和鴻鈞道歉，很顯然有人洩密，才會讓記者跑來騷擾杏榕。

杏榕躺在急診室床上，頭痛得要命，雖然閉著眼睛，仍然感到頭上的燈光非常刺眼。

耳邊聽到鴻鈞的聲音。

「妳先在這裏休息一下，我去把家豪的手續辦好，再來送妳回家。」

這天他也真是夠受了。先是家豪過世，他連哀悼的時間都沒有，就為了自己最討厭的女人忙得仰馬翻。接下來還得再奔波好幾趟，光是想像都覺得累。

杏榕把手靠在眼上，不敢看他。

鴻鈞繼續說：「妳不用擔心，急診室主任跟我保證過，絕對不會再讓人進來吵妳。」

他心裏一定在想：「都到了這種時候，這個女人還來給我添亂！」

鴻鈞又囑咐了一大串，只要有一點不舒服就一定要通知護理師，盡量撐著不要睡著之類的，才匆匆離開。

真是可笑的場景。拋棄她的負心漢死了，照理她應該哈哈大笑，慶幸老天有眼，或是放聲痛哭哀悼失去的戀情。然而她卻躺在急診室裏，頭上跟腳踝上都紮著繃帶，整間急診室裏只有她沒有家人陪伴，身邊人來人往，每一個腳步聲都像打雷一樣敲在她頭上。

她的眼睛乾乾的，沒有眼淚。家豪失蹤後，她幾乎每晚哭著醒來，眼淚不到兩個月就流乾了。

好不容易意識有些模糊，頭痛也稍微減輕，卻聽到旁邊幾個護理師議論紛紛。

「好可憐，男朋友死了，還被狗仔偷拍。」

「話說回來，自己要跟演藝界的人在一起，就應該要習慣這種事啊。總不能每次有人要拍她，她就嚇得摔斷腿吧？」

自己應該要習慣。以前也有人對她說過類似的話。

某天晚上，她跟家豪一起去樓下的小吃攤買宵夜，被狗仔拍到。家豪面不改色，她卻嚇得轉身就跑，不小心撞到路人，手上的麵也灑了一地。

雖然家豪想盡辦法跟狗仔交涉，告訴他們杏榕是圈外人，很重視隱私，拜託他們不要登出照片；但幾天後報紙還是刊出了她出醜的糗樣，讓她恨不得當場化成血水消失。

杏榕非常難受，好幾天都悶悶不樂，也不敢再跟家豪一起外出，不管家豪怎麼安慰都沒用。

最後家豪只好放棄說服她，他的助理卻毫不客氣地對她說：「既然要跟演藝圈的人交往，妳自己就該調適，努力習慣這種事啊！」

可是早在家豪進演藝圈之前，我就跟他交往了啊！杏榕很想這麼回答，卻說不出口。

不管再怎麼努力，她就是沒辦法克服她對演藝圈的厭惡。

老是有一群漂亮又有魅力的女性在家豪身邊晃來晃去，還有大批的女粉絲，動不動寄一堆肉麻的情書給他，還有人寫「你那個女朋友一點也不漂亮又不性感，你還是快點甩掉她比較好。」

「演藝圈」就像隻大章魚，用長長的觸角抓住她心愛的人，把他越拉越遠，讓她無法觸碰。它還把家豪變成每個女人的公有財產，不再專屬於她。

他明明說過，他做的每一首歌都是為她寫的啊！

雖然很希望家豪退出，她卻說不出口，只能用沉默抗議。拒絕接受訪問，拒絕陪他出席公開場合，也不肯跟他的演藝圈朋友打好關係。

這樣看來，她真的是個很差勁的女朋友。

鴻鈞說的沒錯，被家豪拋棄是她活該。

她用被子蒙住臉，露出淒涼的苦笑。

杏榕的腳踝腫得很嚴重不能使力，鴻鈞必須背她上樓。

「鴻鈞，今天謝謝你。不好意思家裏沒東西招待，你那麼忙，儘管先走沒關……」

話還沒說完，鴻鈞已經打開她的冰箱，把昨天的幾盤剩菜和剩飯拿出來。

「拿這些來做鹹粥可以吧？比較好入口。」

杏榕慌了，「你不用幫我弄午餐啦，我自己處理就好。你應該還有很多事要忙吧？」

「醫生說了，妳可能有腦震盪，二十四小時之內一定要有人陪著，讓妳保持清醒，所以我不能隨便離開。當然啦，如果妳有其他人可以看著妳最好。還是有新男朋友？號碼給我，我請他過來。」

哪來的新男朋友？

杏榕氣昏了，卻沒力氣跟他爭。

「那就……拜託你了。」

鴻鈞煮好了鹹粥，兩人坐在餐桌兩頭，一聲不吭埋頭用餐。

自從家豪走後，這張胡桃木色的橢圓餐桌前再也不曾出現兩個人同桌用餐的景象。不記得有多少次，杏榕盯著家豪的空座位，幻想著那椅子的主人回來坐在上面的景象。

現在這張椅子上面有人了，卻偏偏是這個跟她最不對盤的人，實在是尷尬到極點。她會對鴻鈞敬而遠之，並不是因為他個性很兇惡或很冷淡的緣故。正好相反，羅鴻鈞向來是系上公認的大好人，待人非常親切又熱心，幾乎是專門為了照顧朋友而出生的。

像今天這樣，擔任司機又兼挑伕把人背上樓，還附帶準備午餐，對他根本是家常便飯。幾乎全班每個同學遇到困難的時候，都會享受到他無微不至的照顧。

杏榕例外。他對杏榕向來採取無視的態度，就算杏榕主動跟他攀談，他也只是隨口敷衍，愛理不理。鴻鈞是家豪的好友，所以她也想跟他打好關係，不斷釋出善意，卻每次都受挫。到後來她只好放棄，不再去招惹他。

一開始，杏榕完全不知道他到底為什麼這麼討厭她。不斷自問到底做錯了什麼事，得罪了他，只是她怎麼也想不出答案。

直到有一天，她無意間聽到鴻鈞跟家豪交談。

「你要注意點啊，她家裏那麼窮，一定把錢看得很重，你要是沒辦法賺錢養她，她會受不了的。」

不理她就算了，但他在家豪面前批評她的出身，是不是太過分了點？

家豪正要回嘴，一回頭看見了杏榕，頓時非常尷尬。

「哎呀杏榕，妳來了啊？剛剛鴻鈞是在開玩笑啦，只是很難笑而已，妳不要介意哦！」

然而鴻鈞沒有一點要解釋的意思，只是冷冷地移開視線。

在那一刻，杏榕下定了決心。既然鴻鈞完全不把她放在眼裏，那她也不用再自討沒趣。

就像現在，雖然很感謝鴻鈞的幫忙，她還是由衷希望他快點離開，讓她獨自沉浸在悲傷裏，而不是任由他坐在家豪的座位上，跟她大眼瞪小眼。

鴻鈞顯然也很尷尬，飯後洗完碗回到客廳坐下，就帶入了正題。

「妳這邊有沒有家豪的衣服？我想找幾件比較好的，讓他在儀式的時候穿。」

「在我房間。」

杏榕掙扎著站起來，鴻鈞伸手扶她，來到了臥室。

「這個櫃子的第一第二個抽屜都是他的衣服，外套掛在壁櫥裏。」

杏榕坐在梳妝台前，為鴻鈞指點方位。

「妳還留在抽屜裏？」

鴻鈞有些錯愕。

「對啊。」

一般男女分手，女方不是把男方留下的東西丟垃圾場，就是另外找個箱子胡亂塞。但家豪的東西仍然留在原位，完全沒移動。他的吉他也依然靠在牆邊，等著他回來。

杏榕把視線從吉他上移開，才發現鴻鈞正呆呆地看著她。兩人目光一接觸，他立刻像被燙著似地轉身，拉開家豪的抽屜找衣服。

杏榕趁這機會打開音響聽廣播，音樂聲稍稍化解了針扎一樣的尷尬。

鴻鈞挑出幾套衣服讓她選，然後又發現一個東西。

「啊，這件，是他在校園歌唱大賽得獎的時候穿的T恤。他老說這是他的幸運T。」

杏榕點頭，「是我幫他挑的。」

「妳的品味很好。」

在杏榕的印象中，這是鴻鈞第一次稱讚她。不過她沒有時間驚訝，頭上的傷又開始隱隱作痛。

「對了，妳知道他最後一句話是什麼意思嗎？」

「不知道。」

如果你早一天，不，早一個小時通知我去見他，我大概就知道了。她心想。

「他是說，希望妳一定要開拼布教室，實現妳的夢想。最後幾天他一直在談這事，說妳的開店計劃被他耽誤，他覺得很抱歉。」

杏榕心口劇痛，卻噗哧笑了出來。她笑得趴在桌上，眼淚都流出來了。

「妳也不用笑成這樣吧？」

「真的很好笑啊。整天一直唸我只會玩碎布的人，怎麼可能會抱歉啊！」

「妳……他可能只是心情不好，隨口亂講，不是真的這麼想。」

杏榕的頭越來越痛，控制力也變弱了。

「是嗎？我看是他死前神智不清胡說八道，你還真的相信哩！你知道他清醒的時候對我說過多少難聽的話嗎？」

剛開始只是半開玩笑的「幹嘛老愛玩碎布？」，然後口氣逐漸加重：「妳能不能多出去跟別人交際，不要老悶在家裏縫縫補補？又不是女傭！」隨著家豪的演藝事業走下坡，他的批評變成「反正妳就是個上不了枱面的黃臉婆啦，一點用都沒有！」

「……就因為他知道自己說的太過分了，所以才一直很愧疚啊。」

「真的愧疚的話，為什麼兩年來一通電話都沒有？傳個簡訊有很難嗎？真的抱歉為什麼要到死前五分鐘才找我？」

心裏有個聲音在吶喊：喂，妳真的是張杏榕嗎？妳不是只要講話稍微大聲一點就會立刻臉紅道歉的嗎？現在居然像個瘋婆子一樣大吼大叫？而且人家今天還幫妳這麼多忙……

但是她已經忍到極限了。

鴻鈞的嘴唇顫抖著，拼命深呼吸。看得出來他很想跟她狠狠大吵一架，卻又怕她傷勢加重，只好努力克制情緒。

「因為他說他沒臉見妳……」

「是不想給我機會罵他一頓吧！反正他眼睛一閉就撇得乾乾淨淨，爛攤子全丟給別人收就行了，是吧？『一定要開拼布教室』？講得可真輕鬆！什麼嘛，這到底算什麼！」

「妳是擔心錢的問題嗎？」

「你就只知道錢！因為我是窮人家的女兒，我就滿腦子只有錢是吧？反正你本來就看我不順眼，我開不開教室關你什麼事？不用再來假惺惺了！」

她完全失去控制，把氣出到旁邊的衣服堆上，抓到什麼就撕成碎片，包括那件幸運T恤。

「他根本不希罕這些東西，只有我還守著這堆垃圾等著他回來拿！我是白痴！我是大笨蛋！我這種笨女人，活該被男人拋棄！」

「喂，喂，別這樣……」

鴻鈞伸手搶救被她凌虐的衣服，拉扯之間，杏榕不小心摔到了地上。鴻鈞想扶她，卻被狠狠推開。

杏榕趴在地上，身邊堆滿衣服的碎片，頭很痛，腳也很痛。因為實在太痛，她放聲哭了出來。

她從來沒有哭得這麼慘過，就像要把心嘔出來一樣地哭著。

鴻鈞坐在她身邊，不知是嚇到了還是怎麼樣，他沒有出聲也沒有伸手碰她，只是任她哭泣。

好不容易，杏榕的眼淚停住了。她筋疲力盡，頭昏眼花，連呼吸都感到刺痛。鴻鈞默默地把她扶到床上，讓她靠牆坐好。

氣氛變得更凝重了，兩個人都不知道該說什麼。

這時，廣播裏傳出電台節目主持人的聲音。

「現在為您播放一首好聽的歌，這是『光的翅膀』，由〇〇主唱，作詞作曲是當年被稱為樂壇超新星的林家豪。林家豪今天早上，很不幸地因為肝癌過世，享年……」

杏榕一怔，好久沒聽到這首歌了。

有一段時間，她只要一聽到這首歌的前奏就轉台，就算在商店裏聽到也一定立刻離開。但是這次她沒有關掉音響。

兩人默默地聽著這首熟悉的歌。

女歌手的聲音稍嫌單薄，但詞曲都是一流的。一傳進耳裏，就彷彿化成無形的氣流把人一路往上托，翱翔到另一個世界裏。

這首歌第一次面世的時候，他們兩個就是唯二的聽眾。在這個時候跟這首歌重逢，更讓人百感交集。

當年家豪大學還沒畢業，就以《光的翅膀》在校內比賽上大受矚目，他在youtube上的自彈自唱影片，點閱率甚至破了當月的紀錄。

因為他才華洋溢，外表絕佳，跟電影明星有的拼，接下來的幾首單曲也風評很好，很快就成為創作型偶像。並且在服完兵役之後，以天價跟唱片公司簽約，正式出道，還被某天王欽點為御用詞曲作者，然後就完蛋了。

進入演藝圈後，家豪以極快的速度墜落，跟當初急速竄紅一樣。緋聞不斷，又三番兩次跟媒體衝突，然後又因為新歌評價不佳，開始藉酒澆愁，常常酒後鬧事上版面。

壓斷駱駝背的最後一根稻草，就是跟唱片公司發生糾紛，連打了一年半的官司，官司雖然和解，但超新星的光芒已經消磨殆盡。

媒體常以「小時了了」、「意志薄弱被演藝圈引誘」形容家豪。但他們到底了解家豪多少？

大家都知道，家豪的家世很好。卻沒有幾個人知道，因為家世太好，他父母不能離婚，只好天天大吵大鬧，還有好幾次差點動刀子。

即使家豪搬進宿舍，耳根還是沒辦法清靜。每次吵完架，父母就會輪流打電話向家豪數落對方的不是，一轟炸就是兩三個鐘頭。還有好幾次，他得急忙衝回家勸架，免得真的出人命。

每次鬧完以後，家豪就會整整一個晚上躲在宿舍屋頂，拼命灌啤酒，一句話也不肯說。然後杏榕跟鴻鈞就會坐在他兩邊，整晚陪他喝酒發呆。

這些事情只有三個人知道，現在只剩兩個了。

杏榕忽然覺得，幸好現在是鴻鈞跟她一起聽這首歌。雖然他們兩個合不來，至少他是這世上唯一跟她一樣關心家豪的人。搞不好他還比她更關心。

畢業之後，鴻鈞因為某些原因放棄留學去當兵，家豪念研究所又休學，兩人漸行漸遠。在「光的翅膀」登上銷售冠軍後，鴻鈞寄了張賀卡說他在銀行上班，歡迎家豪去找他聊天，但家豪一直沒去，他們從此斷了音訊。

沒想到在疏遠這麼多年之後，鴻鈞還願意陪家豪走最後一程，為他處理後事，還得強忍厭惡照顧他看不起的女人，外加被痛罵一頓，犧牲實在很大。

真的不該對他這麼兇的……

音樂停止後，兩人又沉默了一會。然後鴻鈞開口了。

「半年前我無意間遇到他，看他氣色很差硬拖他去檢查，驗出來是肝癌。我正要幫他辦住院手續，他居然逃跑了，到處都找不到人。直到上個禮拜，另一家醫院通知我，他的情況已經很危險了。他們找不到他的家屬，因為他口袋裏有我的名片才聯絡我。所以他大概本來打算自己一個人孤零零死在街上吧，妳也知道他那死個性，根本說不動他。」

沒錯，她很清楚。

「我見到他的時候，他已經有點神智不清了，差點認不出我是誰。我有提議找妳來，他堅決不肯。我怕他太激動，想等他稍微平靜一點再說，結果就耽誤了時機。現在想想，他心裏其實是想見妳的，所以才會一直談妳的事，是我判斷錯誤才害妳見不到他。」

杏榕沒回話，他繼續說。

「家豪那個人，的確是很任性很自我。他心情好的時候很體貼討人喜歡，心情不好就會把氣出在別人身上，偏偏他心情不好的時候居多。但是他已經很努力把自己好的一面表現出來了，只是不太成功，希望妳不要恨他。不對，可以恨他，但是不要否定他的努力。」

不愧是死黨，無論何時都要幫他說話。

在這樣忠誠的友誼之前，杏榕忽然覺得自己非常渺小。

鴻鈞看著滿地的狼藉，又坐不住了。

「掃把跟畚斗在哪裏？」

「等一下，先不要把這些碎布掃掉，拿個袋子裝起來就好。拜託……」

由於喜歡作拼布的關係，她一直有收集碎布的習慣。家豪失蹤後這習慣中斷了很久，現在又復活了。

不管再怎麼破爛，這可是家豪的碎布啊！

等鴻鈞把碎布收集完成，她的眼睛已經快睜不開了。

「妳可以儘管睡沒關係，不過我每隔兩個小時就必須叫醒妳。」

杏榕含糊地應了一聲，就沉沉睡去。

* * *

每隔兩個小時，鴻鈞就會把杏榕搖醒，提醒她喝水，問她會不會頭暈想吐。幸好杏榕雖然疲倦不堪，並沒有這些症狀。

每次被叫醒，一睜眼就看到鴻鈞的臉部大特寫。他頭髮凌亂，鬍子也幾天沒刮，整張臉毛茸茸的。家豪曾經半開玩笑地說鴻鈞長得像猴子，現在真的有點像猴子。

杏榕迷迷糊糊地想：其實鴻鈞才是最辛苦的人啊……

等她真正清醒的時候，天已經全黑了。她睜大眼睛在黑暗的房間裏張望了一下，才看到鴻鈞站在陽台上。

巷子裏的路燈已經亮了，在一片黑暗中映出他的身影。他背對著房間，雙手撐在欄杆上，低垂著頭。

杏榕盯著他看了好幾秒，才發現他的身體在顫抖。他在哭。

是啊，她並不是唯一受傷的人，鴻鈞也失去了他的好友。況且他曾經那麼努力試著拯救家豪，現在一定是痛徹心肺。

有很長一段時間，她強烈懷疑鴻鈞喜歡家豪，所以容不下她。但是升上大二後，鴻鈞卻很快地跟一位學妹交往，後來還論及婚嫁，證實她猜測錯誤。

也許，有些男人就是無法容忍堅定的友情被女人介入吧。

現在家豪死了，他看在家豪的面子上不得不照顧她，心裏不知是什麼滋味。

鴻鈞在陽台上待了很久，終於推開落地門進來。杏榕趕快閉眼裝睡。

「哈囉，餓了沒？我出去買晚餐。湯麵可以嗎？」語調冷靜，卻遮不住聲音中的鼻音。

杏榕胡亂點頭，鴻鈞就出去了。

仍然是相對無言的晚餐，飯後鴻鈞扶她進浴室讓她盥洗。她渾身不自在，恨不得再長出一隻腳，免得一直欠他人情。

洗完澡後，鴻鈞打開電腦處理公事。她不想看電視，又還沒到就寢時間，乾脆拿出紙筆開始畫拼布的紙型。

鴻鈞抬頭看她，「腦震盪還做動腦的工作，待會頭會更痛。」

然而杏榕已經完全進入拼布的世界，根本沒聽到他說話。

本來只想打發時間，一旦真的開始著手，靈感就像潮水湧進腦袋，手也動得飛快，注意力和集中力發揮到百分之百。

已經好久沒有這樣了。

對她而言，拼布就是這麼迷人的東西。從畫紙型、到選布料、裁布，然後用針線把布片縫合，每一個微不足道的小動作，都能帶給她無窮的平靜和滿足。

小時候家境不好，只能勉強溫飽，買不起新衣，她只能穿親戚小孩不要的舊衣服。那些衣服通常都不怎麼好看也不合身，母親總是把衣服拆開，改成合她尺寸又可愛的衣服，讓她漂漂亮亮地出門。剪下來的碎布就拿來拼成鉛筆袋跟便當袋，同學都很羨慕她。所以杏榕很小就下定決心，一定要學會母親的手藝。

她確實學會了，卻無法讓家豪了解拼布對她的重要性。她試著向他解釋，講母親的故事給他聽。他乍看之下好像聽進去了，但只要遭到挫折就會忘光光，再度毫不留情攻擊她這個「上不了枱面」的嗜好。最後她放棄說服家豪，甚至為了避免他的嘲弄，把最愛的拼布也一併放棄了。幸好拼布沒有放棄她，仍然在她最孤獨的時候給她安慰。

畫得正高興的時候，頭真的開始痛了，眼前金星亂冒。她把紙筆放下，輕揉眼角，這動作立刻被鴻鈞發現了。

「看吧，就叫妳受傷的人不要用腦過度，現在遭報應了哦？平常不是都沒在動腦嗎？何必急著在這時候虐待妳的腦細胞呢？」

他看準了杏榕無力回嘴，什麼惡毒的話都說得出來。

不由分說地把她扶回床上休息，又開始了每兩個小時喚醒她的工作。

半夜裏，杏榕忽然驚醒，自己也不知道為什麼。

她眨眨眼睛，一時還不能適應房裏的黑暗，隨即感覺到身邊有人，是鴻鈞。

本以為兩個小時又到了，但他完全沒有要叫醒她的意思，只是默默坐在床邊。

杏榕忽然有些害怕：他想幹什麼？

她不知該怎麼處理，只好又閉上眼睛裝睡。

忽然間，鴻鈞緩緩朝她靠近，她聞到他身上的酒味。

不會吧？他居然喝酒？

現在是怎樣？他酒後亂性想對她出手，還是想把失去家豪的怒氣發在她身上？

她考慮張口大叫，但是叫了又能怎麼樣？她腳受傷根本跑不掉。

可是再不採取行動的話……

鴻鈞的臉湊到她面前，停了幾秒，在她額上印下輕輕一吻。然後他起身離開了房間，留下心跳差點停止的杏榕。

＊　＊　＊

第二天，鴻鈞沒有任何改變，仍然冷著臉叫她起床，冷著臉弄早餐，冷著臉吃飯；杏榕幾乎以為昨天夜裏的事是她在作夢。

但是她很確定，不管腦袋傷得再重，她都絕對不會做這種夢。況且鴻鈞身上的酒味，嘴唇印在額上的觸感，現在仍然記憶猶新。

唯一的解釋，就是鴻鈞真的酒後亂性了。幸好他本性不壞，沒做出太過分的事。

她鼓起勇氣開口。

「那個……既然我沒有吐，腦震盪應該不嚴重，我想你就不用再花時間陪我了。你自己幾乎整晚沒睡，不是嗎？」

鴻鈞只是淡淡的「嗯」了一聲。聽到「你整晚沒睡」，他臉色也沒有一點變化。

杏榕越想越懷疑：難道真的是她作夢？

「我剛剛才想到，其實我有個朋友……女的朋友可以照顧我，所以就不麻煩你了。這兩天真的很感謝你，要是我早點找我朋友來就不用佔用你時間了，實在很不好意思。」

鴻鈞的反應仍然很正常——以他平常的標準而言。他迅速地收拾了餐具，收拾好自己的東西，又說了一次「等告別式日期決定了再通知妳」就離開了。

杏榕打電話給一位欠她人情的同事，哀求她下班後幫她採買一些生活物品過來，對方推三阻四，說是要接小孩沒空，頂多在她回診的時候當一兩次司機。話才講一半電話就被主任接過去，劈頭一陣痛罵。

——怎麼可以臨時請假說走就走，連職務代理人都沒有！公務員可以公然翹班嗎？妳有沒有責任感？

公務員當然不可以公然翹班，頂多只能在上班時間聊天上網，自動把午休時間延長一個小時，順便接著喝下午茶。然後在離下班還有半個多小時的時候提前離開，回去相夫教子，剩下的工作就由唯一單身的杏榕概括承受。

杏榕掛上電話，覺得頭比摔下樓梯時更痛了。

在家豪官司失敗後，她開始準備公務員考試。訴訟花掉了兩人所有的積蓄，家豪又沒有工作，她需要一份穩定的收入來支撐他們的生活。

但是當她考上的時候，家豪已經不在了。

公務員確實收入穩定，福利也不錯，每天準時上下班，過得還算輕鬆。但是，每天一成不變的工作內容讓她疲倦不已。在空氣不流通，燈光比日光強的辦公室裏，同事們每天聊的不是別人的八卦就是影視新聞，也讓她煩不勝煩。更別提那些暗潮洶湧的人事鬥爭。

在區公所上班短短兩年，她的世界變得無比狹小，總覺得連心也變得越來越狹小，而且塞滿了有毒的東西。

無意間，看到鞋架旁的穿衣鏡裏映出自己的模樣：年紀明明還不老，穿著打扮卻已經出現歐巴桑的味道。寬鬆的套頭衫配累贅的長裙，及肩的頭髮胡亂紮起，顯得很沒精神。再加上她一臉憔悴，更是慘不忍睹。

她居然不知不覺間蒼老成這樣？

昨天那個狗仔對著她猛拍，過不了幾天，這副慘狀就會出現在小報上，然後她會變成下一個辦公室八卦的主角，從此每天都必須在那群人的異樣眼光中生活，光想到就不寒而慄。

這是什麼生活啊！

拿出她昨天畫的紙型，仔細把它畫完，沉重的心情放鬆了不少，手卻越來越癢。

她撐著拐杖把昨天剛製造的一大袋碎布拿出來，再挖出冬眠已久的工具，一樣一樣排好，然後打開筆電，重複播放「海上鋼琴師」主題曲。這是她每次做拼布必備的準備儀式，一切就緒後就可以動工了。

把一件尚稱完整的淡藍色襯衫拆開做為表布，形狀大小類似的布片按照顏色分類，依序用貼布縫貼在表布上，再用刺繡裝飾……

縫完最後一針，把手上的線頭打結剪斷就大功告成了。頭又開始痛了，眼睛也痠痛不已，心中卻無比滿足，挨罵的委屈全都不見了。

她攤開自己的傑作，仔細欣賞著。那是一隻五彩的鳥，展翅飛向天空的圖案。周圍有些烏雲，但牠的前方是一片蔚藍。

重要的是，這幅布畫的每一個部分都帶著家豪的氣息跟他們的回憶。

太美了，美得讓她胸口刺痛。

拼布是母親留給她的禮物，從來不曾背叛她，傷害她，她卻為了家豪的三言兩語拋棄了拼布。如今家豪不在了，等在她前方的又是什麼呢？

這時她才發現自己餓得不得了，午餐時間早就過了。可是冰箱裏的剩菜昨天就拿來做鹹粥吃掉了，她又不能出門買補給，這下可麻煩了。

懷著一絲希望打開冰箱，找尋剩下的食物，發現裏面放滿了蔬菜水果和果醬。這時她才看到冰箱旁邊多了一個紙箱，裏面是麵條和罐頭，全是昨天鴻鈞趁她睡覺的時候買的。

紙箱裏還放著一隻手機，上面貼著一張紙條：「家豪的」。

那隻手機已經非常舊了，磨損得很嚴重，顯然摔過好幾次，天知道還能不能用。

打開手機，裏面只有一張照片，她的照片

照片是家豪趁她忙著做兩人的枕頭套的時候偷拍的。她坐在縫紉機前，眼神專注，顯得非常明亮。嘴角淡淡的微笑，就像枕頭套上縫的糖果圖形一樣甜蜜。

她從來不知道自己做拼布的時候是什麼模樣，說真的看起來挺賢慧的。

而且，非常幸福。

暖意在全身擴散，慢慢地集中在眼眶，化成熱淚流了出來。

杏榕靠在冰箱上，哭了很久很久。

第二章

就像她預料的，家豪的告別式沒有多少人參加，只有幾個比較熟的大學同學，他以前在演藝圈認識的人一個都沒來。

這樣很好，要是跑來一群所謂的明星，好好的告別式就變成秀場了。

不過，有一個人讓杏榕非常不知所措。

這個人坐在鴻鈞旁邊，頂著名師設計的髮型，身穿高級黑色西裝，舉止穩重有教養，是個討人喜歡的人。

問題是他長得跟家豪非常相像，每當杏榕看著靈堂上的遺照，再回頭看這個人，總有種錯亂的感覺。

其實沒什麼好錯亂的，這人是家豪的表弟，專程從加拿大回來參加家豪的喪禮。

杏榕以前跟他見過一次，他叫王俊雄。

當初家豪介紹他們認識的時候，還不屑地說：「我們家的長輩真是沒創意，動不動給小孩取這種俗到斃的菜市場名。」

王俊雄毫不在意，「有什麼關係？現在的人越來越少取這種名字了，反而是我們比較有記憶點啊。」

他說的沒錯，事隔多年，杏榕仍然記得他的名字。

告別式結束後，俊雄跟鴻鈞一起走向杏榕，要求私下談一談。

他們選了一家小小的咖啡店。窗明几淨，牆上掛著可愛的畫，配上柔和的燈光，看起來很清爽，音樂也很悅耳。但總覺得少了點魅力，很難吸引客人。所以雖然是假日，店裏只有他們一組客人。

面對著並肩而坐的兩人，杏榕頓時有種錯覺，彷彿回到了大學時代，看到形影不離的家豪跟鴻鈞。

她不由自主地開始比較眼前的兩人。

鴻鈞的五官比較粗獷，眼神清澈，鼻梁微塌，嘴巴也稍微寬了些，雖然不像王俊雄那麼端正俊美，仍然是很討喜的長相。

而且他體態優美，比例很勻稱，腿也相當長。像現在這樣梳理整齊穿上合身西裝，確實是一表人才。

只要他不要老對著杏榕擺臭臉就更完美了。

相較之下，俊雄顯得可親許多。

「首先，我要代表我的舅舅跟舅媽，還有所有的家人，感謝你們兩位幾年來對家豪的照顧。舅舅跟舅媽雖然不能過來，但他們都很感謝你們。」

俊雄一開口，杏榕立刻強烈地感覺到他跟家豪的不同。

家豪才不會這樣規規矩矩地講話，不是亂開玩笑就是隨便裝熟。但也就是這樣，他總是能夠輕易跟人打成一片，可惜也容易交到酒肉朋友。

「王先生你過獎了。我好幾年沒跟家豪聯絡，連他生病我都沒去照顧，都是鴻鈞在陪他，後事也是鴻鈞處理的。」

面對一個長得像家豪，個性卻天差地遠的人，她的感受不是「混亂」能夠形容。只好努力避免跟俊雄眼神接觸，但是只要一看到鴻鈞，就會立刻想到那天深夜神祕的吻，讓她更加尷尬。

至於鴻鈞，他照例面無表情，不用正眼看她。

「要是我當時看好家豪，不要讓他跑掉，搞不好根本不用辦後事。」

俊雄輕拍他肩膀。

「羅先生你不要自責，他自己不願意接受治療，這也不是你的問題。家豪跟家裏的親戚這幾年一直是斷絕關係的狀態，也難怪醫院找不到家屬。我算是跟他比較合得來的，但也沒辦法常常跟他見面，多虧有你一直陪著他，他才不用孤零零地走。」

杏榕點頭。「我也要謝謝你，鴻鈞。」

雖然對他還是有些不滿，卻不能不感激他對家豪的用心。

鴻鈞仍然不肯轉頭看她，她並不在乎，反正鴻鈞從來就沒給過她好臉色。但是她忽然發現他的耳朵整個紅了。

只是道個謝，居然反應這麼大？這人的臉皮也未免太薄了吧！

她忍不住輕笑出聲，被鴻鈞聽到，回頭瞪她一眼。

俊雄輕咳了一聲。

「兩位都太客氣了，我雖然很少跟家豪聯絡，還是看得出你們為他付出很多。尤其是張小姐，當初家豪跟唱片公司打官司的訴訟費，是妳幫他出的，對吧？」

杏榕感到太陽穴陣陣抽痛。搞了半天，他是要談錢的事？

「我不想提這件事。」

「非提不可。老實說，我這趟回來有個重要任務，就是代替我舅舅跟舅媽把這筆錢還給妳。」

杏榕正要提出異議，俊雄阻止她，繼續說下去。

「不過我現在改變主意，不想還妳了。」

「咦？」

看著杏榕和鴻鈞驚訝的表情，俊雄笑了笑。

「老實說，舅舅他們是覺得只要把錢還了，家豪就可以了無牽掛地走。長輩們對這種事都沒有什麼想像力，這也是沒辦法的事。我是覺得，妳跟家豪的牽絆絕對不是還個錢就可以結束的。事實上，最好是不要結束。」

他誠懇地看著杏榕。

「家豪欠妳的，不管幾百年也還不清，就算把那筆錢當成欠款還給妳，也沒有一點意義。所以我想，既然那本來是妳的創業資金，乾脆就當成家豪投資妳，讓妳好好把事業做起來。是瑜伽教室對吧？」

「拼布教室。」杏榕瞪了鴻鈞一眼，一定是他出的主意！

「妳看我幹嘛？」鴻鈞一臉事不關己。

「王先生，你的好意我心領了，但是我現在已經不像以前那麼愛作夢了。拼布只是興趣，不能當飯吃。我現在是公務員，在區公所上班，生活很穩定又有保障，根本沒有必要再去創業。」

鴻鈞挑眉，「哦，原來妳是捨不得鐵飯碗啊？上次還說得活像是被家豪傷害才放棄開業，害我差點同情妳呢。」

杏榕氣得滿臉通紅，但她向來不擅長跟人鬥嘴，上次抓狂的戰鬥力也消耗完了，只得咬著下唇一言不發。

俊雄無奈地看了鴻鈞一眼，繼續對她循循善誘。

「說真的，妳是鐵飯碗公務員，我卻教唆妳改行，自己也覺得很白目。只是聽說家豪在過世之前一直掛念這件事情，所以才想成全他的心願。當然，也不能為了他的心願就擾亂妳的生活。不過，請妳至少考慮一下好嗎？也不用急在一時，錢我先寄放在羅先生那裏，如果妳過得開心就不用去管它；如果哪天妳改變主意，不想再當公務員了，隨時可以去找他拿。」

他認真地看著她。「妳過得開心嗎？」

當然不開心。

之前因為腳扭傷請了幾天假，銷假後，主任的臉難看得不得了。然後報紙果然登出她在醫院摔倒的照片，在辦公室裏又引起一連串竊竊私語。

「她是那個歌星的女朋友耶！」

「好奇怪，長得也沒多漂亮。」

「大概是倒追人家被甩吧。」

就連到樓下洽公的民眾，也有人偷偷詢問櫃枱小姐：「聽說你們有人跟明星在一起結果被拋棄？」

這種生活，真的快要過不下去了。

可是，她真的可以經營好一間教室嗎？

說到開業作生意，她其實一竅不通，之前讀了一些書作功課，現在早忘光了。拼布原本是她唯一有自信的能力，現在她連這麼一點自信都沒有了。萬一生意失敗怎麼辦？萬一她真的只是個喜歡玩碎布，上不了枱面的女人怎麼辦？興趣跟事業是兩回事啊！

鴻鈞下午還有工作，俊雄也另外有事先行離開，留下杏榕獨自苦惱。

這時，原本一直待在櫃枱後的女店員端了一壺紅茶跟一塊蛋糕過來。

「小姐，我沒點這個。」

「本店招待。」

「不用，真的不用了。」

「別客氣啦，最後一天營業了，再不吃也是要丟掉的。」

店員笑得很豪邁，杏榕這才發現她長得很漂亮。

「妳們要關門啦？」

「對啊，還開不到半年哩。沒辦法，我不是做生意的料吧。」

原來她是老闆。可是店都要倒了，她為什麼還這麼輕鬆呢？

「那妳明天不就失業了？」

「沒差啦，我三天兩頭失業，早就習慣了。反正是我自己放棄朝九晚五的工作，後果只好自己承擔啦。」

「妳……為什麼要放棄工作呢？」

要是平常，杏榕絕對沒有勇氣主動跟陌生人搭話，但是俊雄的一番話讓她心神不寧，忘了平常的矜持。況且這個咖啡店老闆看起來很開朗健談，應該不會介意。

果然，漂亮的老闆大方地在她身邊坐下。

「說起來很可笑，就是某天我搭捷運上班，看到有人坐著看雜誌，雜誌封面上有一句『你會如何評斷自己的一生？』我想來想去，我的人生好像只有一句話『努力讀書考上好學校，努力工作，努力上班下班，然後死掉』。那一刻忽然覺得好恐怖，一到辦公室就遞辭呈了。」

這也太衝動了吧！

「不是這樣吧？中間應該還有『戀愛、結婚、生小孩、養育孩子』啊。那不是很幸福嗎？」

對杏榕而言，這是最大的幸福。

老闆聳肩，「話是沒錯，但是這些幸福一定要別人配合，自己根本做不到。我唯一能夠掌控的事情，就是選擇自己的道路。也許我開店不是開得很好，至少人生裏有一些值得紀念的事。」

杏榕沉默了。

老闆是對的，不管她有多渴望建立幸福的家庭，只要家豪不配合，她就註定要落空。

現在家豪走了，至少還有些死忠歌迷會紀念他，「光的翅膀」也會一直被傳唱。至於她，就被孤零零留下來，帶著破碎的心困在辦公室裏，上班，下班，然後死掉。

心中一陣惡寒升起：她絕對不要這樣！

* * *

「這就是妳挑的店面？」

坐在銀行辦公桌後面的鴻鈞，模樣比平常更加精明幹練。他目光銳利地審查著杏榕的開業計劃，連一點細節都不放過。電視上常見的社會菁英的派頭，在他身上表露無遺。

他把視線從文件上移開，盯著杏榕，杏榕頓時覺得銀行裏的冷氣又降低了好幾度。

因為即將從事美術設計相關的行業，杏榕也必須好好打點自己的外表。之前雜亂分岔的長髮早就剪掉，換成俏麗的短髮。歐巴桑套頭衫跟長裙更是徹底拒絕往來，改穿色彩活潑的T恤加襯衫配七分褲，外表大大加分。

雖然如此，鴻鈞審視的眼光還是讓她渾身不自在。

「為什麼選這裏？」

「因為租金便宜，交通也很方便。重要的是那附近都沒有類似的手藝工坊，沒有競爭者。」

「當然沒有競爭者，那一帶都是修車店，滿地都是機油，機器又吵，根本不會有人去那邊學拼布。」

他的目光轉向杏榕身邊的人。「這位是妳的新員工？」

「裏理你好！我叫劉瀾伊，杏榕的行政助理兼會計。對了，我咖啡店倒店的前一天你也有來光顧哦？真是感激不盡。」

這位劉瀾伊，正是那位美麗的咖啡店老闆。那天杏榕跟她談過以後，下定決心要開業。為了慶祝，兩人還一起把店裏剩下的飲料甜點一掃而空。最後杏榕乾脆僱用瀾伊負責行政。

「咖啡店？等等，所以妳們根本還沒認識多久，就決定要一起工作？」鴻鈞瞪大了眼睛，彷彿正在目睹天地不容的罪行。

「咦，不行嗎？」瀾伊毫不在乎，「你們銀行招員工還不是只面試一次就錄取了？」

「不一樣吧？銀行是公司，你們是獨資生意，應該要彼此非常了解才可以合作啊。」

「羅裏理你這樣講就不對了，我跟杏榕雖然才剛認識，但是兩個女人一起喝酒建立起來的友誼是很堅固的！」瀾伊理直氣壯地說。

「所以，杏榕妳是在喝醉酒之後，決定僱用劉小姐？」

看到鴻鈞的表情，杏榕心虛得幾乎不敢抬頭。

沒錯，那天她跟瀾伊一起把店裏最後一瓶君度橙酒乾掉了，在全身輕飄飄然的狀態下開口要瀾伊幫她工作。

「也不是這樣啦，我沒有做過生意，所以需要瀾伊教我。她有經驗……」

「倒店的經驗是吧？」鴻鈞毫不留情，「我從來沒看過這麼草率的開業計劃！」

「襄理您是不是搞錯了什麼？」瀾伊冷冷地說：「杏榕並不是來向您申請貸款，是要找你拿回人家寄放的錢。那本來就是她的錢吧？她愛怎麼用是她的事，你有什麼權利挑毛病？還是你不想給錢？」

鴻鈞臉色鐵青，勉強擠出笑容。

「怎麼可能？我可沒那個權利。妳說的對，杏榕肯給我看開業計劃已經很給面子了，我不該說些有的沒的，抱歉。」

他把文件遞回給杏榕，「錢明天就匯給妳。」

瀾伊不解，「為什麼要明天？今天不行嗎？」

「我總要跟王先生報備一下吧？不然人家還以為我把錢吞掉了呢。」

「可是……」

「好了啦，瀾伊，明天匯款也可以啊。」

杏榕小心翼翼地勸阻瀾伊，真不知道誰才是老闆。

走出銀行，瀾伊的態度又不一樣了。

「老實說，剛剛是因為那個襄理態度不好我才嗆他，其實他說的對，那個店面真的不行。樓下是修車店，吵得要命，樓梯又暗又窄，騎樓上堆了一堆機器跟輪胎，應該不會有人想去那邊學拼布。」

杏榕歎息，「但是其他的地方我負擔不起啊。」

「再花點時間找一找嘛，一定有更合適的地方，不用急。」

「我想早點開業，一直沒工作感覺好奇怪。」

本來打算等找到店面再辭職，沒想到又有家豪的粉絲跑去區公所騷擾她。主任把她叫去，用非常不巧妙的方法暗示她不適合留在區公所裏。她不願意調職，乾脆遞辭呈。

只是，她這輩子從來沒有失業過，很難忍受變成無業遊民的不安。

「反正就先開課嘛，等口碑做出來自然就有學生了，而且都已經跟房東說好要簽約了。」

瀾伊苦笑。「既然妳這麼堅持，那我也不多話了。反正我這人向來是開心就好，就算自己的店倒了，欠一屁股債，我還是活得下去。問題是，」她轉身正面朝向杏榕。「妳不是這種人。」

杏榕勉強一笑。沒錯，她不是那種拿得起放得下的人，一旦創業失敗，打擊會非常大。

她忽然覺得很恐怖，彷彿自己正站在懸崖邊，隨時會掉下去。

當天晚上，粉身碎骨的時刻來臨了。

* * *

早上銀行一開門，杏榕就衝進去找鴻鈞。她臉色慘白，雙眼通紅，拼命忍著不讓眼淚掉下來。

「你為什麼要這樣？」

「本來馬上就要簽約，現在人家不肯租給我了！你到底為什麼要做這種事？」

前一天晚上，拼布教室店面的房東怒氣沖天地打電話向她興師問罪。原來有個男子自稱是她哥哥，打去向房東大力挑剔房子的缺點，要求他降價三成。

杏榕拼命解釋，她並沒有哥哥，但房東不接受，租約就這麼完蛋了。

重要的是，那位「哥哥」自稱在銀行做事，真實身分一目瞭然。

杏榕打電話給鴻鈞對質，他卻不開機，她只好第二天一早殺過來。

鴻鈞把她帶到會議室，免得她在他同事面前大鬧。

他多慮了，杏榕氣得全身發抖，連說話都很困難。

「我……我不知道你為什麼討厭我，反正那是你的權利我也不想管。但你也不用在我背後害我啊！明明……明明你自己也說開業是我的事，你不過問的，為什麼還要來搞破壞？到底有多恨我啊？我開不成業對你有什麼好處？」

鴻鈞非常平靜，不反駁也不辯解。

「妳真的想知道答案嗎？」

「當然想啊！」

「很好，只要妳現在跟我去一個地方，我就告訴妳。」

「現在？」

「對啊。去不去？」

杏榕非常錯愕：他在耍什麼花招？

鴻鈞輕笑，「怎麼，妳還怕我把妳載去賣掉嗎？」

「誰會……去就去啊！」

一路上，兩人都一言不發。鴻鈞專心開車，讓杏榕一頭霧水地猜測他的用意。

最後鴻鈞把車子停在一處住宅區，帶著她在巷子裏左彎右拐，來到一棟屋齡稍久的公寓。公寓的一樓鐵門深鎖，上面掛著牌子「店面出租」。

鴻鈞拿鑰匙開了鐵門，帶杏榕進去。

「這裏的通風跟採光都不錯，大小大概可以一次容納十個學生，後面可以隔一個小小的休息室兼儲藏室。租金比妳之前那間貴一點，不過還算合理。有個缺點是離馬路比較遠，但也相對安靜，而且這裏是住宅區比較單純，應該會有不少家庭主婦想學拼布。最重要的是，這附近沒有競爭者。」

杏榕呆呆地看著他。

「所以說……你在幫我找店面？」

「對呀。我向房貸部門的同事請教，他幫我介紹這裏的仲介。我覺得這間不錯，帶妳來看看。」

「既然這樣你為什麼不直說？居然還冒充我哥哥……」

「就算我跟妳說了，妳一定也會說『已經跟人家談好了，不好意思反悔』，對吧？」

沒錯。

杏榕滿臉通紅。「不要講得好像你多了解我一樣！」

鴻鈞仍是一張撲克臉。「這跟了不了解無關，只是純粹的觀察結果。總之，妳既然要開業就要做到最好，之前那家店面根本就不行。我沒辦法忍受這種註定虧錢倒閉的生意，乾脆先斬後奏。妳就當作是銀行員的職業病好了。」

關銀行員什麼事……

杏榕的太陽穴在跳動，覺得頭又開始痛了。

她知道鴻鈞是對的。她自己選的店面並不好，眼前這個地方更適合。但是，都已經要獨立創業了，還被當成無行為能力人耍得團團轉，真的可以嗎？忍耐是有限度的！

「羅同學，謝謝你的好意，但是我不能接受。」

「喂……」

她抬手打斷他，「你說的沒錯，我太草率了。現在我要自己去找更好的店面，不勞你費心。」

「眼前就有店面了，幹嘛還……」

「因為這是我的工作，我自己負責！」她撐住發軟的身體，盡可能咬字清晰，「我知道你根本不想理我，只是為了幫家豪完成心願，不得不委屈自己照顧我，實在很抱歉。我也很抱歉我條件太差，配不上你最要好的朋友。但是我開業完全是為了我自己，不是為了家豪。這幾年我一直活在家豪的陰影裏，現在我要走出來重新開始，拜託你不要只為了他死前幾句話就隨便干涉我的事情，算我求你！」

「我不是為了家豪！」

鴻鈞很難得的提高了音量，隨即又更正，「不完全是。不要笑，是真的。不信妳看看妳肩膀上的東西。」

「肩膀？」杏榕左看右看，她肩上就只有一個拼布背包。

「上次妳來過銀行以後，我好幾個女同事都說，從來沒看過那麼漂亮的包包。是妳自己做的吧？」

「是啊。」

「懂了嗎？妳非常有才華。妳跟家豪都很擅長創造美麗的東西，不像我除了讀書就沒有其他專長。這樣的才能要是浪費掉就太可惜了，所以我真的很想幫妳發揮妳的才能，不希望妳因為選錯店面而失敗。」

杏榕忍不住失笑。

才能？大學四年他看都不看她一眼，現在忽然把她捧成拼布聖手？誰信啊！

正想開口吐槽他，鴻鈞居然對著她深深一鞠躬，把她嚇得差點摔倒。

「我知道我對妳態度一直很差，還說過很多失禮的話，真的很抱歉。我老是說家豪幼稚，其實我也是半斤八兩。畢業以後每次一想到自己的行為就覺得很可恥，可是不曉得該怎麼跟妳道歉，我現在只能跟妳說對不起！」

「喂喂，不要這樣啦！都那麼久的事了幹嘛在意……」

說的好聽，她自己還不是記得一清二楚？

她不禁滿臉通紅。

「哎呀，反正頭快點抬起來啦，超尷尬的！」

鴻鈞可能是低頭太久，臉也很紅。

「總之，我先是對妳不好，然後又沒照顧好家豪，要是不做點補償，一輩子都會睡不著的。拜託妳讓我幫忙好嗎？我保證以後絕對不會又在妳背後搞鬼。」

杏榕全身發軟。她一直無法面對鴻鈞的敵意，現在才知道原來他的善意更難消受。

「你哦，老是這樣，什麼事都攬在自己身上。家豪常說你是濫好人你知不知道？」

「但是對妳而言，我是壞人吧？妳就當我改邪歸正好了。」

「什麼改邪歸正，我從來不覺得你是壞人啊。」

「那妳願意接受嘍？」

「我……」杏榕實在拿他沒轍，「那你就來當我的營業顧問吧，不過沒有薪水哦。」

鴻鈞笑了。在杏榕記憶中，這是他第一次對她露出開心的笑容。

「沒問題！」

結果事實證明，問題大得很。

* * *

「各位師傅，來喝個飲料吧。」

每天中午十二點，負責裝潢「光之翼拼布教室」的師傅們準時收工吃飯，到了十二點半，營業顧問羅鴻鈞一定會準時出現，拎著兩大袋飲料一一發送。

他就是這樣，老是想要讓他身邊的每個人開心。杏榕真的很想告訴他，這是不可能的。別的不說，他在銀行的工作非常繁重，上班打卡制，下班責任制，晚上加班加到九點多是常有的事，再加上他每天中午往工地跑，每天下午師傅收工後，他也會繞過來看情況，再回銀行加班，可說是體力嚴重超支。

不但如此，他還一直給自己加工作。

牆壁的油漆，原本杏榕選定了柔和的「流沙黃色」，結果師傅回報這個顏色調不到貨，建議她改用類似的「田園黃色」。她同意了，隨口徵詢鴻鈞意見，誰知他居然利用假日開車跑了七八家賣場，硬是買齊了流沙黃的油漆。

杏榕每次一看到他這種拼命三郎的作風就胃痛，常勸他不要太勞累，他總是有聽沒有到。

當初她開口要鴻鈞當顧問，只是想安撫他讓他開心一點，況且遇到困難的時候多個人商量也不錯；她可真沒想到他會天天跑過來，而且意見一堆。

「杏榕，妳午餐要吃什麼？我去買。」

「不用了，剛剛瀾伊已經買回來了。」

杏榕略帶歉意地指指桌上的湯麵。

瀾伊把湯麵倒進碗裏，朝鴻鈞咧嘴一笑。

「真抱歉啊，搶了你表現的機會。杏榕寶貝，明天的午餐我不買了，妳就等待羅襄寶貝的愛心午餐吧。不，乾脆你們兩個直接去浪漫約會更好！」

自從鴻鈞加入之後，瀾伊對他的態度變得更加隨便，動不動把他跟杏榕湊對。

「劉小姐……」

「叫我瀾伊就好。」

「我跟杏榕只是老同學而已，請妳不要亂講話。」

「哎呀，又不是高中小男生，害羞什麼？我也有一堆老同學，怎麼就沒人每天中午來看我？男子漢大丈夫，你要坦率一點啊，扭扭捏捏多難看。」

「難看就算了，妳愛怎麼想都行，只是拜託不要亂講話。」

「你放心你放心，杏榕辛苦了那麼久，身邊好不容易出現一個值得依靠的好男人，我努力幫你說好話都來不及了，怎麼會亂講話呢？」

「我不是這意思……」

然而她完全沒聽進去，只顧唏哩呼嚕地吃麵。

旁邊的裝潢師傅都在偷笑，鴻鈞真想鑽進地底，他最怕這種有理講不清的人。

至於杏榕，早就窘到說不出話來了。

「杏榕，我們換個地方說話好嗎？」

杏榕跟著他走向後面的休息室，灡伊還在火上加油，「對對對，情話綿綿還是私下講的好，不然師傅都快聽不下去了。」

鴻鈞關上休息室的門，「妳幹嘛要用她啊？」

「我說了，她有經驗，作帳、進貨、招呼客人樣樣都懂。」

「她要是真那麼懂，咖啡店就不會倒了。」

「話不是這樣說啦。況且既然要一起工作，還是找合得來的人比較好。」

「就算妳沒朋友也犯不著這樣吧？」

很不幸的，這話踩到地雷了。

「我……我的朋友都有家室又有工作，當然沒辦法跟我一起開業啊！在你眼裏我真那麼沒人緣嗎？」

鴻鈞歎了口氣，「好啦，我說錯話了，抱歉。」

一陣沉默，氣氛又尷尬起來。

這陣子兩人相處的時間增加了很多，也聊了不少，大部分是在聊家豪跟校園往事。雖說已經不像以前一樣冷淡，大學四年的心結還是很難解開，常常話不投機起衝突，就像現在這樣。

要找到正確的相處模式，真的很困難。

這時鴻鈞又看到別的東西。

「椅子送來了？」

「嗯。」

看到鴻鈞走過去檢查裝椅子的紙箱，杏榕的心情再度下沉。

「等等，這椅子不對，我選的不是這一型。」

杏榕小心翼翼地解釋，「因為你選的那型有點貴，我換了比較便宜的型號。其實這型的也不錯，坐起來很舒服。」

「我說過了，之前那型比較耐用，而且是人體工學椅，對身體比較好。這型雖然外表很像，用不了多久就壞了，反而浪費錢。」

「我們才開業，能省就要儘量省，等招生穩定了再換好椅子也不遲。」

「如果學生來上課坐得不舒服，對生意也會有影響的。」

「哪有這麼嚴重？」

鴻鈞態度強硬起來，「硬體設備的事情我比妳懂，可以請妳聽我的嗎？」

「可以！那麼人事跟行政由我決定，我就是要請瀾伊，請你不要發表意見！」

杏榕真不知道自己上輩子跟這傢伙有什麼冤孽，為什麼總是一見到他就要大吼大叫。

「隨妳便，我上班去了。」

他離開後，瀾伊走進來。

「你們在吵什麼，這麼大聲？」

杏榕坐在旋轉椅上，累得快沒力氣說話了。

「有夠囉嗦，這個人……我真是瘋了才會跟他合作。」抱怨一開始就停不下來，「什麼都要管，什麼都不滿意。好端端的用什麼人體工學椅，之前選燈具也是，我說普通的節能日光燈就好，他偏要用最好的護目照明燈，真當我是富婆啊？」

「妳真是沒良心。做針線傷眼睛，所以要用好的照明。久坐對肌肉不好，他才堅持要高級椅子，全都是為了妳的健康著想呀。雖然我跟他不對盤，但他真是個深情的好男人啊。」

「拜託好不好？就說了我跟他只是同學啊！妳真的不要再跟他亂講話了，他這個人一板一眼的，開不起這種玩笑。」

「誰在開玩笑？他不是還苦苦哀求妳讓他無薪加入嗎？要不是喜歡妳，哪個男人會做到這種地步？」

「就跟妳說了，他是為了家豪……」

「也就是說，他愛的是妳前男友嘍？『啊，家豪，我所做的一切都是為了你！』」

「不要亂講啦！鴻鈞以前有交女朋友的！」

「以前？那現在呢？」

「呃……」

當年鴻鈞跟晚他們一年的學妹翠瑤交往，一直到畢業都還甜甜蜜蜜。本來說好等他當完兵，翠瑤剛好畢業，兩人就可以一起出國留學，然後結婚。但是最後只有翠瑤獨自出國，婚事也沒了下文。

至於鴻鈞現在的感情狀態，沒有人知道。

「那是他的私事，我怎麼好意思問？總之，人家一片好心，不收酬勞來幫忙，我感激他都來不及了，怎麼可能去懷疑他的動機？雖然他過度熱心了點，也真的幫了很多忙，如果他不在，我們兩個都會很辛苦的。所以拜託妳好好跟他相處ＯＫ？我現在腦子裏除了順利開業之外，什麼東西都裝不下了。」

這是真的，雖然每天都遇到一堆困擾的事情，這間拼布教室仍然佔去了她全部的心思。

粉刷已經完成，上課用的桌子也做好了，再過幾天廠商就會送來十台縫紉機。然後是訂製的大展示櫃，裏面將會放進她的作品和四處蒐購的美麗布料。

光是想像那副光景，她就精神百倍。

從做決定時的猶豫，正式辭職開始籌備的不安緊張，然後在忙碌中找到奇妙的安定感，到現在只剩兩個多禮拜就要開幕，全身燥動卻又期待不已，已經多久沒有這種感覺了呢？

自從跟家豪分手之後，這是第一次，她有了真正活著的感覺。

不能否認，因為之前跟鴻鈞的那番談話，給了她自信心。如果連鴻鈞都肯定她的才能，就表示她一定沒問題。

因此她一定要做出成績來，絕對不可以讓他失望。

最重要的是，她要讓家豪在另一個世界裏看清楚，就算是只會玩碎布的女人，也可以闖出一片天。

午休快結束的時候，瀾伊不經意地提到：「剛剛看到路口也有人在裝潢耶，不知道是做什麼的。」

其中一個師傅回答，「好像要開什麼工藝教室。」

「工藝教室？哪種工藝？」

「不知道誒。我一個結拜兄弟有做他們的工程，我去問問看。」

師傅看到杏榕跟瀾伊臉色不對，急忙安慰，「我想應該是美術教室啦，不會跟你們搶生意的。」

事實證明，對方就是來搶生意的。不，不是搶生意，對方根本沒把他們放在眼裏。

那是一家知名的拼布工坊，由日本拼布流派的大師出資，授課講師全部都有日本的證書。這家教室原本開在市中心，因為有幾位講師跟很多學生住在這附近，交通不方便，所以專程來這裏開分店，顯然打算連鎖經營。

這家教室還提供全套的證書班，保證上完課的人都可以通過日本的證書考試，將來無論自己開業或出書都無往不利。

杏榕只是從小跟著母親縫縫補補，怎麼可能會有證書？

她也從來不知道，連玩針弄線都要有證書。

當初鴻鈞就是因為這附近沒有同業才選定這個地點，沒有想到競爭者居然會在他們快裝潢結束了才冒出來，而且地點比他們好。

確定了殘酷的現實，杏榕、鴻鈞跟瀾伊坐在空盪盪的教室裏無言相對。太陽已經下山，教室裏越來越暗，卻沒人有力氣起身開燈。

瀾伊開口了，「其實也沒那麼嚴重，他們才剛開始裝潢，大概還要一陣子，我們比較早開課，可以先搶學生。」

杏榕搖頭，「這附近有很多家庭主婦已經在他們的總店上課了，只等這邊開課就會轉過來。而且他們那麼有名，大部分的人都會等他們開課再報名，早開課一兩個禮拜根本沒有什麼用。」

「所以我們要換地點？」

「那還要再花很多時間找，不曉得要拖到什麼時候。而且營業登記已經寫這裏了，訂金也付了。如果要退訂還得恢復原狀，又要花一筆錢……」

鴻鈞輕揉著眉頭，說：「我們可以先開課，再慢慢找新地點。」

「明知道在這裏沒有前途，還開課做什麼？這裏租金這麼貴，越撐只會賠越多，到頭來一定會破產的！」

瀾伊有些不耐煩，「那妳到底想怎樣？」

杏榕的嘴唇微微顫抖，「放棄吧。把裝潢拆掉，房子的押金拿回來，就當沒這回事。」

「不行！」

鴻鈞跟瀾伊齊聲抗議，杏榕只是搖頭。

她覺得自己彷彿在爆發的山洪中載浮載沉，灌了一肚子的泥水，又濁又冷。水裏沒有一根能抓的浮木，她只能眼巴巴地看著洪水將她淹沒……

笨蛋張杏榕，居然真的以為自己可以做一番事業？剛開始覺得人生有一點希望，接下來就會馬上破滅，這才是她的人生定理，結果她居然忘了？到底要吃多少苦頭才會學乖？

她天生就是坐辦公室，任由長官使喚幫同事收尾的料，不用作夢了。

「已經……夠了。我一開始就不該有開課的念頭，對我來說拼布只是打發時間的消遣，不是用來賺錢的。當初真的不該因為被主任罵就衝動辭職，現在我已經醒了。沒必要再撐下去了，我還是去找個工作比較實際。」

「妳振作一點，現在還不到放棄的時候。」

「不然什麼時候才能放棄？被銀行追債的時候？還是像家豪一樣貧病交迫死在醫院裏的時候？你老實說，如果我只是個普通客戶，去銀行找你貸款說要開拼布教室，只是路口就有一家更大更有名的同業，你會答應貸款給我嗎？」

鴻鈞想也沒想，「銀行也是有看走眼的時候。以前我曾經拒絕貸款給一個客戶，結果他後來賺了大錢回來跟我炫耀，我也只好認了。」

瀾伊拍手，「說得好！」

杏榕不領情，「那是人家運氣好。而且被嘲笑總比被倒來得好吧？」

瀾伊點頭，「這樣講也沒錯。」

她到底幫誰啊？鴻鈞差點吐血。

杏榕起身，決定結束談話。

「瀾伊對不起，我沒有工作可以給妳了，希望妳可以趕快找到新工作。鴻鈞，這陣子害你東奔西跑還出錢出力，真的很對不起。我會把你買東西跟代墊的錢還你的。」

「小姐，錢是小事啊。重要的是，好不容易走到這一步，眼看就要開課妳居然要放棄，連試都不試一下？這樣會遺憾一輩子的！」

「我遺憾的事已經很多了，不差這一件。」

「杏榕！」

「不要再說了，ＯＫ？再說下去我會恨你的！」

鴻鈞無奈地看著她，和她臉上的淚痕。

「我以前的確想開教室，但只是太年輕不懂事而已。家豪說的沒錯，做這行根本不會有前途。我老早就已經放棄了，已經死心了，你偏要跟我說什麼家豪死前的心願，害我又昏頭，我受的教訓還不夠嗎？」

杏榕知道自己在遷怒，但她實在控制不了。短短不到三十年的人生，經歷過這麼多次燃起希望卻又重重地失望，真的受夠了。

「家豪病得那麼重，根本不知道自己在說什麼，為什麼還要當真？我真是瘋了才相信你……」

「妳夠了沒有啊！」

很意外的，拍桌跳起來的居然是瀾伊。

「妳從以前就是這樣嗎？遇到一點麻煩就哭哭啼啼吵著要放棄，一點骨氣都沒有！講得難聽點，怪不得妳前男友要離開妳。整天跟妳這種沒用遜咖在一起，只會被帶衰啊！」

「劉瀾伊！」鴻鈞怒目瞪她，瀾伊不為所動，仍然盯著杏榕。

「說話啊，張杏榕！我說錯的話妳就指正我啊！」

杏榕的表情瞬間凝結，彷彿戴了一張面具。

「妳說得對，所以我要現在解放妳，免得也被我帶衰。浪費妳的寶貴時間真是抱歉。」

她拎起背包走出去。

背後的腳步聲告訴她，鴻鈞就跟在後面不遠的地方。他沒有追上來拉她，也沒有出聲，只是一言不發地走著。

她不想跟他說話，加快了腳步，他也跟上來，仍然維持著距離。

杏榕一咬牙，伸手招了計程車，把他遠遠地丟在後頭。

在街上轉了一大圈回到家，卻發現鴻鈞坐在她門前，不知等了多久。

杏榕歎了口氣，她太小看鴻鈞的毅力了。

「劉瀾伊那張嘴巴本來就很要命，妳又不是不知道，何必跟她計較？」

「我沒有氣她，她說得一點都沒錯。其實你自己也是這樣想，只是不好意思說出口，對吧？」

「妳……」鴻鈞差點就要失去控制，還是在最後關頭忍下來。「妳太小看我了，如果我真的這麼想，一定會毫不客氣當著妳的面說出來，而且說得比她更難聽。」

杏榕不禁失笑，笑得非常苦澀。

「你想說什麼都無所謂，反正我已經決定了。辛苦你大老遠跑過來，我不想把你關在門外，如果你願意接受我的決定的話，進來喝杯茶休息一下也可以，如果你還想勸我……」

鴻鈞站起身，「不用忙，我還要回銀行加班，只是先來看妳有沒有平安到家。順便跟妳說一聲，我現在終於了解妳媽媽的心情了。」

杏榕之前在聊天的時候，曾經帶著三分驕傲，向他提過母親用拼布幫她做新衣的往事。

「關我媽媽什麼事？」

「我一直不太懂，如果妳家真的像妳說的那麼窮，妳媽應該是忙著賺錢都來不及，怎麼會有時間幫妳改衣服做拼布？有衣服穿就不錯了，誰管它合不合身好不好看？」

「不是這樣說……」

「如果她就直接讓妳穿著別人的舊衣服出門，就算沒有被人嘲笑，妳大概也會失去自信，認為自己永遠低人一等。所以她幫妳把衣服改得漂漂亮亮，讓妳知道不管生活有多困苦，妳還是有資格過著幸福的生活。她沒有錢買新衣服給妳，卻給了妳更重要的東西：自尊跟希望。那些有名的拼布大師也許有很響亮的頭銜或是滾金邊的證書，但他們絕對沒有辦法做到這一點。」

杏榕低著頭，手上叮叮噹噹地把玩著鑰匙。

「老實說剛剛我本來也想罵妳一頓，看到瀾伊說得那麼過分，我也清醒了。這是妳的人生，沒有人可以強迫妳。妳要是真的不想開業就算了，但是請妳好好珍惜妳的手藝，不要讓它荒廢掉。因為那是妳母親送給妳最好的禮物。」

他離開後，杏榕獨自坐在桌前發呆。

她想起小學三年級的時候，受邀去同學家裏慶生。媽媽一晚沒睡，為她趕製了一件小洋裝。那原本是一件寬鬆的T恤，母親將它裁出腰身，下擺接長，胸前還用從其他舊衣上裁下來的丹寧布、假緞跟雪紡紗拼出一個五彩繽紛的愛心。

第二天早上，當她看到床邊的新衣時，差點以為自己才是壽星。

鴻鈞說的沒錯。她原本就不是個強悍的人，如果再每天穿別人施捨的舊衣，她的個性一定會變得更灰暗。但是靠著媽媽的巧手，給了她一個又一個值得紀念的回憶，童年也變得多采多姿。

歡喜雀躍地期待母親的作品，然後驕傲地穿出門，這種心情是無可取代的寶物。

一人兼三份工作的母親，強忍疲倦做這些額外的工作，無非是為了讓她知道，不管環境多麼艱難，她仍然是被珍惜的，所以要懷抱希望努力奮鬥。而她學會了母親的手藝，卻忘了這種心情，一遇到困難就退縮，這樣還有臉見母親嗎？

當然，喜歡拼布不一定要開班授課，她也可以把它當成消遣，興緻來了就拿起針線縫一縫打發時間，累了就隨手放下，沒有任何負擔。但是，難道她要的就只是沒有負擔的人生嗎？要是沒有一個不能隨手放下的東西，她就只是個斷線的風箏，不知何時會飄到哪裡。

那件愛心洋裝，到哪裡去了呢？

* * *

杏榕一大早就來到拼布教室，她一夜沒睡，腦裏亂成一團，打算在裝潢師傅上工前先來這裏，看看這一路以來的進展，希望心情會比較篤定，能夠想清楚下一步。

來到門口才發現有人比她更早，兩人的爭執聲從窗戶傳出來，她反而不知道該不該進去。

「妳公然侮辱自己老闆，還敢來上班啊？臉皮也太厚了吧！」聽聲音就知道鴻鈞真的動怒了，完全失去平常的冷靜。

偏偏他的怒氣對瀾伊完全沒有影響，「過分，我是為杏榕好才罵她呀。」

「妳有什麼權利對她說那種話？妳根本不了解她跟家豪的感情！」

「廢話，她選男人的品味那麼差，誰會了解？現在人都死了，她還是整天把林家豪掛在嘴上，連創業都要林家豪允許，簡直是笑話！都幾歲的人了，一點自尊都沒有。」

「我看妳是一輩子沒談過戀愛，只會打嘴砲吧？」

「說到這個，張杏榕的怨婦心態還可以理解，但您老兄男子漢大丈夫居然也跟她一個德性，只敢用死人當藉口追求自己喜歡的女人，也太沒出息了吧？」

「要我說幾次，我對杏榕不是……」

「你想騙誰？前幾天師傅才跟我說，『羅先生這麼熱心支持女朋友開店，張小姐一定會嫁他的啦！』告訴你，有眼睛的人都看得出你對杏榕的感情！張杏榕不算，她瞎了。」

「劉小姐，妳講這種話是侮辱我。把我當什麼人了？」

瀾伊一臉受不了，「就正常人啊！男未婚女未嫁，憑什麼你不可以追杏榕？」

「我羅鴻鈞再沒行情，也不會低級到朋友一死就卯起來追他女朋友！妳聽好了，我絕對不會跟杏榕在一起，懂不懂？」

瀾伊佩服不已，「哇，我今天終於知道什麼叫冥頑不靈了！」

「隨妳怎麼說，我要去上班了。」

杏榕一驚，還來不及躲起來，已經跟開門走出的鴻鈞撞個正著。看到他震驚的表情，她的心跳差點停止。

也許是奇蹟出現，她的腦袋忽然靈光起來，對他露出大大的笑容。

「嗨，鴻鈞，你這麼早就來啦？我想到一個點子，正想講給你聽呢。所以你現在要走了？」

她等著鴻鈞的反應，緊張得心臟快要爆炸：這招有用嗎？他會相信她只是剛到，什麼都沒聽到嗎？

鴻鈞呆了幾秒，「呃……我可以再待一會。瀾伊也來了，可以一起聽。」

杏榕鬆了口氣，成功了！

「一般的拼布教室都會強制向學生收材料費跟工具費，我決定開放讓學生自己準備或是找我代訂，不另外收費，所以學費會稍微高一點。重要的是，我會用舊衣改造當賣點，鼓勵學生用淘汰的舊衣服做拼布。還有我想在開幕之前先辦個社區跳蚤市場，讓附近居民一起來擺攤，趁機展示我的作品。你們覺得怎麼樣？」

瀾伊說：「不錯啊，很有特色，宣傳效果也很好。」

鴻鈞沒開口，只是點頭，顯然他還沒有從剛才的尷尬狀況中回神。

三人討論了後續的細節，鴻鈞就上班去了。

杏榕癱坐在椅子上，之前的亢奮已經退去，臉上只剩茫然。

瀾伊看著她，「妳耳朵都紅了呢。」

「我太興奮的時候就會這樣。」她乾笑著。

「是哦？我還以為妳聽到了什麼奇怪的東西呢。」

看到杏榕瞪她，瀾伊立刻舉手投降。

「開玩笑的，別生氣。我可不想再丟飯碗。」

這時裝潢師傅來了，兩人起身迎接，沒有再提這件事。

杏榕試著不要在意早上聽到的對話，說穿了那只是無聊的爭吵。唯一的功用，就是它證明了鴻鈞跟瀾伊都是真心關懷她，才會為她吵翻天。

聽到鴻鈞那麼認真地為她和家豪的感情辯護，她感動得眼淚都快流出來了。即使瀾伊說她是「沒尊嚴的怨婦」，她也不怎麼生氣。

瀾伊把她罵得那麼難聽，卻還是沒有放棄她，這樣的朋友實在可貴。

糟糕的是，除了感動之外，那段對話還留下另一個後遺症。

鴻鈞那句「絕對不會跟杏榕在一起」，一直刻在她腦海裏，揮之不去。

第三章

「杏榕，這幅畫要標價多少？」

跳蚤市場再過半小時就要開始，杏榕正忙著整理商品，聽到瀾伊的問題，抬頭一看，瀾伊手上拿的居然是那幅她用家豪的衣服碎片做出來的「光之翼」。

「當然不標價，那幅是非賣品，以後要掛在教室門口的。」

家豪的衣服不可能重買，她當時的心情也不會重來，怎麼可以賣？

「別傻了，跳蚤市場哪有什麼非賣品。就標兩萬五好了。」

「兩……這麼貴誰會買？」

「不是非賣品嗎？」

「那就不要標價呀。」

瀾伊非常有耐心地對她曉以大義，「重要的東西標得貴一點，客人才會覺得其他小東西很便宜，順手就買下來，懂嗎？」

杏榕這才領悟，感到非常佩服。

這天天氣很好，還有清爽的涼風，非常適合散心，跳蚤市場生意興隆。

正如瀾伊所料，那幅「光之翼」引來很多注意，卻沒人買得下手，而是連帶讓平價的小飾品大受歡迎。也有不少人現場報名拼布課程，圓滿達成了這次活動的目的。

「兩位小姐，看這邊。」

鴻鈞不知從哪裏冒出來，拿著攝影機對著兩人。

瀾伊問：「你在幹什麼？」

「我在記錄今天實況，如果以後要再辦類似的活動可以做參考。而且還可以把影片貼上網打廣告。」

杏榕說：「鴻鈞，不用了，這樣一直拍很辛苦的。」

看到他皺眉，杏榕立刻改口，「你喜歡就好。」

要是拒絕鴻鈞的好意，他會非常不高興，偏偏杏榕常常忘記。

瀾伊吹了聲口哨，「你拿攝影機還挺有架勢的耶。」

「是啊，以前每次班上有活動都是我攝影。」

「所以你是職業級的囉？失敬失敬。剛剛拍的影片借我開開眼界吧？」

看到預覽窗裏的影片，她臉上頓時出現三條線。

「喂，你把鄰長的腦袋切掉了耶？」

杏榕苦笑。鴻鈞之所以長年擔任班級攝影師，只是因為沒有別人願意做，不是因為他喜歡攝影，更不是因為他技術好。雖然每次看到他拍出來的結果，大家都很不滿意，仍然沒有人願意接下這個辛苦的工作。

杏榕記得很清楚，鴻鈞剪接出來的班級錄影帶，總是會漏掉她的鏡頭。她每次出現不是遠景，就是一片模糊。說她不在意是假的，但總不能為這點小事去跟辛苦的攝影師計較。

經過這麼多年，這麼多事，他的攝影機總算正對著她了。

杏榕湊過去看腦袋被切掉的鄰長，一轉頭才發現鴻鈞的臉離她不到二十公分。兩人視線一相接，鴻鈞立刻移開目光，並且稍微拉開距離，簡直就像回到大學時代一樣。

杏榕的臉頰再度發燙：都怪瀾伊亂講話！

「鴻鈞……」

攤位前傳來怯怯的聲音，是一個年輕女子。她五官清秀，臉頰卻太瘦也太蒼白了些，一頭長長的直髮，顯得很沒精神。

鴻鈞吃了一驚，「以琳？妳怎麼來了？」

「因為我很久沒有逛跳蚤市場，想來走一走。」

「我不是說過……」鴻鈞把話吞回去，轉頭向杏榕和瀾伊介紹。

「這位是柯以琳小姐，是我在銀行的客戶。」

柯以琳立刻補充，「我跟鴻鈞是很好的朋友。」

鴻鈞忍著尷尬繼續介紹，「這位是張杏榕小姐，我的大學同學。旁邊的劉小姐是她同事。」

兩人很客氣地向柯以琳打招呼，然後鴻鈞立刻找個藉口把柯以琳拖走了。

灡伊立刻出聲，「哇，只不過被我嗆個兩句，今天立刻帶女朋友來示威耶，反應也太大了吧？這樣感覺更可疑哦。」

「他不是說了，是銀行的客戶嗎？」

「拜託，他那個態度哪像對客戶說話？曖昧得要命又鬼鬼祟祟的。」她忽然瞪大眼睛，湊到杏榕耳邊說：「他該不是在勾搭別人老婆吧？」

杏榕真是氣到沒力。

「大姐，妳先是說他暗戀我，又說他是同性戀，現在又變成搞外遇？到底是哪一個，選一下好不好？」

灡伊奸笑，「那就要看妳最喜歡哪一個猜測嘍。」

杏榕懶得再跟她鬼扯，繼續忙著工作。

到了中午，她跟灡伊排班吃飯。她拿著便當，四處尋找有遮蔭的地方，一個不小心卻聽到鴻鈞和柯以琳站在騎樓下說話。

「鴻鈞，你看到我來這裏，是不是生氣了？」

鴻鈞歎了口氣，「我早叫妳不要過來妳偏不聽，生氣又有什麼用？」

杏榕心中一緊，看來這段對話不太妙啊。明知應該趕快離開，腳卻無法移動。

「這裏又沒有熟人，我來一下有什麼關係？」

「我們分行就在這條路上，分行同事可能也會過來玩，要是他們看到妳怎麼辦？妳家離這裏那麼遠，一定會被懷疑的。」

等等，所以他們是「不能被同事看到」的關係？難道真的是外遇？杏榕僵住了。

「所以你是覺得被看到跟我在一起很丟臉嗎？我很見不得人嗎？」柯以琳講話已經帶著哭音了。

「以琳，我們不是說過很多次了嗎？現在還不能公開，所以一定要忍耐。」

「可是我快要忍不下去了，你身邊都是漂亮的女同事，還有剛剛拼布攤位那兩個小姐，跟你好像很熟……」

「我們公司規定不可以跟同事交往，這妳也很清楚。至於杏榕，她真的只是我大學同學而已，那個劉灡伊我根本不想理她！」看到柯以琳低頭不語，他放軟了聲調。

「以琳，我知道妳很努力，答應我的事每一件都做到了，我真的很感動。我絕對不會背叛妳的，請妳再忍一陣子，好嗎？」

柯以琳低著頭，輕聲說：「你明天晚上來我家好嗎？我只想跟你一起吃飯，聊聊天而已。我好討厭自己一個人吃飯。」

「好吧，但是我不能待太久，晚上還要加班。我們現在去買午餐，然後妳趕快回家，好不好？」

柯以琳伸手拉住他的袖子。

「鴻鈞……你愛我嗎？」

鴻鈞深吸一口氣，簡明有力地說：「愛。」

兩人離開後，杏榕仍然僵在原地動彈不得，心中發下毒誓。

她這輩子絕對不再偷聽別人講話！

*　*　*

下班時間，鴻鈞走向他停在路邊的車，冷不妨身後有人叫他。

「鴻鈞！」

是杏榕，她似乎是一路跑過來的，頭髮凌亂，氣喘吁吁，臉頰通紅一片。

「你有空嗎？我有事要跟你說。」

「呃，我跟人有約耶。」

「幾分鐘就好，這事很重要。」

杏榕的眼睛睜得大大的，似乎很緊張，講話也又快又急。

「我本來不想講的，可是想了一天一夜，決定還是非說不可。因為你是我重要的朋友，如果現在不講以後一定會後悔！」

她都講得這麼嚴重了，鴻鈞不聽也不行。

「好好，妳說吧。」

然而杏榕第一句話就讓他摸不著頭腦。

「你知道家豪為什麼會被告嗎？」

鴻鈞一頭霧水。他急著去赴約，她卻跑來講古？

杏榕不等他回應，繼續說：「他那陣子作曲不順利，唱片公司要求的風格他一直寫不出來，寫好的曲子又被退回，所以跟公司關係很差。這時就有人建議他偷偷幫別家公司寫曲，只要曲子紅了就可以打公司的臉，等合約期滿還可以直接跳槽。這當然違反合約，但他們說不會被人發現，所以家豪也心動了。他這人就是這樣，只要能讓他寫自己想寫的東西，其他事都不放在心上。」

「杏榕，現在不是說這個的時候……」

「我那時聽到他們的計劃，覺得很不妙，很想阻止他。但是如果我開口，家豪一定又會說『演藝圈的事妳不懂，少說兩句』。我不想被他笑，而且演藝圈的事我是真的不懂，所以一句話也沒說。如果我那時拼命勸阻他，也許他就不會落到那種下場了。」

「那不是妳的錯。妳也知道，就算妳勸他，他還是不會聽的。」

「沒錯。但是我明知重要的人正在做錯事卻不阻止，這樣難道就是對的嗎？」

昨天聽見鴻鈞跟柯以琳的對話，讓她受到了一些打擊。

這真的是全班最熱心最可靠的羅鴻鈞嗎？如果兩人問心無愧地在一起，為什麼要怕別人看見？為什麼他要一臉心虛地把柯以琳趕回去？

一夜輾轉無眠，白天也魂不守舍，當她忽然想起之前家豪的例子，瞬間下定了決心。

她老是以為人都會選擇對自己最有利的路，別人不干涉也沒關係，事實上根本不是這樣。就算不關自己的事，該說的話還是要說，這才是真正的關心。

她感謝鴻鈞，也信任他，所以不能放任他繼續偷偷摸摸下去。

「鴻鈞，雖然以前我們處不好，但現在你是我重要的朋友，看到你做錯事，我一定要阻止。拜託你，不要再跟柯小姐糾纏不清了！」

「以琳？喂，等等，妳是不是誤會什麼了……」

「很抱歉，我知道不該偷聽你們講話，可是幸好我聽到了，我才有辦法勸你。不管她是別人的老婆還是女朋友，總之見不得光的戀愛是不會幸福的。我沒有告訴任何人，所以現在回頭還來得及，你快點跟她了斷吧！」

鴻鈞啼笑皆非。

「杏榕，妳真的誤會了。我不是第三者，以琳還單身，不是任何人的老婆或女朋友，我也沒有跟她在一起。還沒有。」

「不要再裝了，我明明聽到你說你愛她！而且，『還沒有』是什麼意思？」

「意思是她是我的客戶，銀行員不能跟客戶在一起。如果是存款戶還好商量，貸款戶也有辦法解決，偏偏她是催收戶。我要是跟她交往，鐵定會被老闆宰掉。」

催收戶，指的就是向銀行借錢卻不還的人。說真的早就不算銀行的客戶，而是要追討債務的對象。

「她……倒帳？」

「其實錢不是她欠的，她只是做她未婚夫的保證人。她原本是個好客戶，常常來分行幫她未婚夫辦事，我跟她聊得很愉快，逢年過節也會彼此送禮。沒想到那個男人悔婚搞失蹤，債務全掉到她頭上，變成我得打電話催她繳錢，實在很尷尬，她還跟我說要自殺。欠款的人為了裝可憐總是什麼話都說得出來，但我相信她是認真的。」

就連杏榕都相信她是認真的。原本快要到手的幸福瞬間破滅，只留下醜惡的現實，真的會讓人活不下去。

「所以你就不跟她討債了？」

「怎麼可能？我也沒有那個權力。只能每天打電話陪她聊天安慰她，帶她去看醫生。她那時的工作被開除，我也在人力銀行幫她留意工作。」

「這個……你也做得太多了吧？」

真不愧是濫好人羅鴻鈞，連討債都全套服務。

「不然哩？為了討債把個好好的人逼死，對我對銀行都沒好處。她振作起來正常工作，我們才有錢拿。」

這樣聽起來又覺得心機好重，杏榕一臉不以為然。

鴻鈞無奈地說：「我向主管報告她的情況，把她的債務減免一部分，還延長期限免得逼太緊，也算對得起她了。」

「那她跟你是怎麼回事？」

「我本來只想拉她一把，就當作照顧朋友，沒想到她卻越來越依賴我。我覺得不太妙，想說她已經比較穩定了，就把她的案子轉給同事，她卻沒辦法接受，又開始自暴自棄。我去勸她，她哭著說我只是為了收錢才虛情假意欺騙她，等她陷下去了就一腳踢開，根本不關心她。」他苦笑，「妳也是這麼想，對吧？」

「我才沒有……」杏榕的臉在發燙。

「後來我認真反省，覺得自己真的做錯了。先贏得她的信任又把她拋下，也難怪她覺得被利用。所以我跟她約好，只要她保持生活規律，好好工作準時吃藥，我們就可以一直做朋友。等她把欠款還清之後，我們就正式交往。」

「什麼？」杏榕的眼珠差點掉出來，「你是在哄她，還是說真的？」

「當然是真的。這種話怎麼可以亂講？妳也太不相信我了吧？」

「這要怎麼相信？我只聽說有人用身體抵債，從來沒聽說討債的人以身相許的！」

「我本來是想跟她說，等欠款還清可以試著約會看看，但是這麼含糊的承諾感覺更沒誠意。仔細想想，我跟她本來就處得不錯，應該是緣分到了，那就乾脆接受吧。」

還真乾脆……杏榕哭笑不得。

「你昨天說你愛她，那是真的嗎？」

鴻鈞臉色變了一下。

「看她那麼脆弱，我沒有辦法放下她。這樣應該也算是愛吧。」

「這不是愛，是同情。」

「有差嗎？況且我年紀不小了，看到合適的對象當然要把握。」

「我也沒問你幾歲。你到底愛不愛她？」

「那個不重要！又不是在演愛情片！」

杏榕目瞪口呆，彷彿聽見全世界最離譜的話。「不重要？怎麼會不重要？」

鴻鈞氣惱地歎了口氣，「我知道對妳來說，愛是全世界最重要的事，但我就是覺得沒什麼啊。我現在已經完全不挑了，只要有女孩願意要我，我就可以接受。」

「幹嘛講得活像自己沒人要一樣？你是社會菁英青年才俊，怎麼會沒有女孩要你？重點是你昨天還親口說你愛柯以琳，難道是在騙她？」

「話不是這樣講吧？都已經決定要在一起了，說幾句她愛聽的話有什麼不好？」

「她不是第一次問你，對吧？」

「呃……對啊。女孩子不是都很愛問男人愛不愛她？」

「不對，是因為你的態度讓她很不安，她才一問再問。也就是說，她知道你在騙她。」

鴻鈞呆了一下，不服氣地反駁，「既然她自願被騙，那又有什麼關係？至少我會照顧她，不像她前未婚夫那樣利用她拋棄她，這有什麼不好？」

杏榕深吸一口氣，「就因為她受過傷害，更應該跟一個真心愛她的人在一起。」

「這不是妳可以決定的。」

「那你就可以決定她的人生嗎？」

鴻鈞的臉繃得更緊了。

「抱歉，我快遲到了，再見。」

他上了車，絕塵而去。

那天的晚餐，杏榕只草草吃了幾口就收進冰箱。她被鴻鈞氣到胃口全失，想做拼布也沒有靈感，只好抱著抱枕看無聊的連續劇，一面自怨自艾。

不習慣的事還是不要做的好啊。一片好心忠告他，結果他根本不接受。

其實他說的也沒錯，都已經到了適婚年齡，只要看到不錯的對象就該早早結婚，愛情根本不是重點。

況且，騎士拯救落難的美女，兩人結成良緣，這簡直就是活生生上演的愛情電影情節，不是很浪漫嗎？

她為自己的多管閒事感到悲哀。

＊　＊　＊

晚上十點，電話響了。

「都是妳害的。」耳機裏傳來鴻鈞悶悶不樂的聲音。

「我又怎麼了？」

「我開到半路，腦子裏忽然一直響起妳說的話，怎麼也停不了。這樣下去如果以琳今晚又問我愛不愛她，我一定答不出來，然後我就沒辦法再前進了。」

杏榕一呆。沒想到她說的話居然有這種效果？

「所以你沒去找她？」

「有啊。我站在她家門口告訴她，我不能再騙她了。我很關心她，但不是她想要的那種。只要她不嫌棄，我願意陪在她身邊，直到真心愛她的人出現。」

「講得很不錯啊。她怎麼回答？」

「她一句話也沒說，當著我的面把門關上。」

還真激烈……杏榕忽然覺得很不安。

「她會不會做傻事？」

「這我怎麼可能知道？反正，明天再找她好好談一談就是了。」

「對呀，她現在當然很不高興，但是最後她一定會理解你的誠意，然後就會圓滿解決了。」

「圓滿個頭。」鴻鈞粗聲說：「要不是妳多事，就不會變這麼麻煩。我都已經下定決心了，妳幹嘛還要多嘴？」

這話怎麼聽起來很耳熟？

「你還不是常常干涉我的事？」

「也對啦……」鴻鈞的苦笑聲，在電話裏聽起來特別無奈。「我當年要是別那麼固執，跟翠瑤一起去日本，現在就不會遇到這種事了。全是我自找的。」

「你跟翠瑤到底為什麼分手？」

鴻鈞沉默了半晌。「我不夠好，配不上她。」

「什麼意思？」

「晚安。」

鴻鈞掛上電話，留給杏榕更多疑問。

所以說，鴻鈞是因為跟翠瑤分手，所以對戀愛失去興趣嗎？

這樣她就可以理解了。

家豪離開後，她對很多事情都失去興趣，當然也包括戀愛。熱心過度的同事提議幫她作媒，她總是婉拒。偶爾有男性對她示好，她也無動於衷。

那種感覺，就像死了一半一樣。雖然還能行動思考說話，靈魂卻已經僵硬了。

鴻鈞大概也是這種感覺，才會只想要找個合適的人作伴，完全不考慮感情因素。因為已經無力再愛了。

雖然是可以接受的理由，但是，實在很寂寞啊……

*　*　*

本以為鴻鈞接下來必須花很大的力氣跟柯以琳溝通，沒想到他連溝通的機會都沒有。

自從那晚跟柯以琳攤牌後，鴻鈞就忽然人間蒸發了。整整四天不見人影，電話也不接。再過幾天拼布教室就要開幕，也不曉得他到底會不會出席，實在很傷腦筋。開幕還在其次，重要的是鴻鈞從來不曾消失這麼久，這麼徹底。讓杏榕覺得非常不安，生怕他跟家豪一樣一去不回。

後來瀾伊去了分行，旁敲側擊才問出原因：憤怒的柯以琳寫信向銀行的高層告了鴻鈞一狀，說鴻鈞利用職權佔她便宜，鴻鈞因此被停職等待調查。萬一查出來是真的，連工作都可能不保。

杏榕嚇壞了，連忙跑去分行求見鴻鈞的直屬上司郭經理，把鴻鈞告訴她的事一五一十講給郭經理聽。

郭經理年約五十，跟鴻鈞一樣，有股精明能幹的氣質，但他比鴻鈞更老練一些。

「張小姐，我知道妳很支持鴻鈞。但是既然他答應要跟人家交往又反悔，在理字上他已經站不住腳了。」

「那只是普通的感情糾紛，鴻鈞並沒有濫用職權啊。他不是那種人！」

「這個我相信，但是他的處分是總行高層決定的，光是我相信也沒有用。根據一般的觀念，一個銀行員如果不是別有企圖，為什麼要對一個非親非故的債務人這麼好？恐怕不會有人相信他是無辜的。」

「為什麼？他本來就是這種人啊。在學校的時候他就是這樣，只要別人有困難就會熱心幫忙，有時還熱心得讓人受不了。班上的活動如果結束得太晚，他一定會出面協調有車的同學載落單的女生回家，之後還會一個個打電話詢問對方平安到家了沒。他不只對女生這樣，對男同學也是有求必應，把自己累得半死。」

郭經理搖頭，「學校裏的那套，在社會上是不管用的，尤其是銀行這種地方。只要牽扯到金錢就一定要公私分明，一旦出差錯就很難收拾了。」

「鴻鈞……會怎麼樣？」

「簡單的說，要是沒弄好，他就永遠不能在銀行界生存了。」經理歎了口氣，「偏偏他才剛辦了貸款，萬一丟工作就慘了。」

「貸款？」

「他申請了員工優惠貸款，說要去投資朋友的生意。可別投資不成反而破產啊，這傻瓜……」

杏榕腦中轟然一聲。投資朋友生意？這是什麼意思？

難道……

不會吧，他應該是去投資別的朋友……

心裏另一個聲音在說：別傻了，事實是什麼，妳應該很清楚。看鴻鈞對拼布教室那麼投入，還不夠明顯嗎？

家豪的父母根本沒有託俊雄還錢給她，那筆錢是鴻鈞去貸款來的。

她早該想到的。家豪的父母向來看不起她，認為她配不上他們兒子；況且家豪跟家人早就不聯絡了，他父母連告別式都沒到，卻在意她幫家豪付的訴訟費？根本不合理！

鴻鈞知道她不會接受自己的資助，還特地找俊雄合作演戲給她看，只為了激勵她實現開業的夢想。

她雙眼刺痛。郭經理還說鴻鈞為一個催收戶做這麼多事很奇怪，事實上，鴻鈞為她做的事才真是超乎想像。

居然願意為一個跟他合不來的女人背債，只因為她是家豪死前最掛念的女友，不，前女友。

這人真是超級濫好人，天字第一號白痴！

而這位白痴，眼看就要為了自己的過度熱心身敗名裂，連工作都不保。

不行！絕對不可以！

* * *

經過死纏活纏兼苦苦哀求，郭經理總算不甘不願地告訴她，柯以琳住所的大概位置。

杏榕在巷子裏轉來轉去，只盼自己運氣夠好，可以撞見柯以琳下班回家。

也許是家豪在天之靈保佑，等了一個小時後，柯以琳腳步沉重地走進巷子。

「柯小姐！」她迎上去。

柯以琳認出她是鴻鈞的朋友，立刻露出戒備的表情。

「妳來找我做什麼？是羅鴻鈞有錯在先，我只是揭穿他的惡行而已！而且他一直跟我說他單身，我也不知道他跟妳在一起啊！妳有什麼不滿應該去找他才對！」

「妳誤會了，我不是鴻鈞的女朋友，我也不是來罵妳的，只是來找妳談談。」

「有什麼好談？我絕對不會撤回指控的！」

杏榕有點手足無措。現在才想起來，她非常不擅長應付這種場面，也不懂得如何說服別人。

實在應該找瀾伊一起來的，瀾伊的口才比她好。不過如果瀾伊臨時起意開口損人，情況會更糟。

想了半天，腦中才浮現一句話。

「我只是想告訴妳，真正害妳被鴻鈞拒絕的人……是我。」

＊　＊　＊

坐在便利商店的座位區，面對著柯以琳鐵青的臉，杏榕把她對鴻鈞說的話重述了一遍。

「請妳相信我，鴻鈞是真的打算照顧妳一生，他這個人向來是說話算話的。只是他之前分手的傷還沒復原，沒辦法真正愛上妳。我覺得這樣不太好，所以勸他……」

「妳勸他他就聽？還真聽話。」

「因為他覺得我說的有理啊。以後一定會出現真正愛妳的人，他這樣反而是耽誤妳……」

柯以琳爆發了。

「誰要妳雞婆？什麼『以後一定會出現』，這種廢話全是假的！就算真的出現那個人我也不要！我就是只要羅鴻鈞不行嗎？其實我早在解除婚約以前就愛上他了，他那麼溫柔體貼，認真負責又可靠，這麼好的男人去哪裏找？我為什麼要等以後？」

杏榕本來只顧擔心她講話太大聲驚動周圍的人，聽到她後面的話，勾起更多疑問。

「妳喜歡鴻鈞的地方，就只有『溫柔體貼認真負責又可靠』嗎？」

「怎樣？不行嗎？」

「妳知道他很固執嗎？對自己認定是對的事情絕對不讓步，還會想盡辦法強迫別人接受他的意見。而且他很雞婆，老是想要照顧每一個人，熱心到讓人覺得很累。他甚至可以為了幫助朋友把自己賣掉，這樣妳可以接受嗎？」

柯以琳臉色一變，「妳憑什麼認定我不能接受？」

「因為妳對他的描述都很表面。溫柔體貼認真負責又可靠的人又不止他一個，不一定非要他不可。妳根本就沒有好好去了解鴻鈞，只是想找個人照顧妳而已。」

她手心冒汗，深怕柯以琳一巴掌揮過來。

柯以琳並沒有打她，只是滿臉通紅，眼神非常凶惡。

「喲，好偉大，我夠不夠愛鴻鈞還要通過妳審核才行？」

「不是這樣……」

「好啊，妳說說看妳自己有多愛鴻鈞？妳喜歡他哪些地方？」

杏榕定了定神，「我愛的人不是鴻鈞，他叫林家豪。我喜歡他很多地方，例如他說完笑話以後歪頭賊笑的表情，雖然他的笑話都不好笑。還有他唱歌太投入的時候，那種好像要飛起來的眼神。他撥吉他弦的時候，手指移動的樣子好優美。還有他早上睡醒，半瞇著眼睛轉過來對我傻笑的樣子……」

本以為會勾起許多不愉快的往事，美好的回憶卻源源不絕。這一刻她再次確認，不管有再多怨懟不滿，她真的很愛家豪。

這時，意想不到的畫面忽然佔據了她的腦海。

鴻鈞站在她的陽台上哭泣的背影，他向她鞠躬道歉時那種慚愧又緊張的表情，當他聽到自己答應讓他協助開業時，臉上開心的笑容。還有他坐在她家門口迎接她回家的眼神，以及他聽到自己向他道謝，害羞到連耳根都發紅的模樣……

心跳忽然急速加快，讓她不知所措。現在是怎樣？

「喂喂，回神了！」柯以琳在她面前搖手，「妳還真是沉醉在愛河裏啊，居然完全忘記我在這裏？」

「抱歉……」杏榕面紅耳赤，心跳仍然急促。

「妳真是個怪人耶！講話沒頭沒腦的，好啦，妳很愛妳男朋友，所以呢？關我什麼事？」

沒錯，真的不關她事。

杏榕又慌了手腳，幸好她及時想到對策。

「妳既然一直問鴻鈞愛不愛妳，表示妳也很在意吧？但他既然沒辦法愛妳，是不是放了他比較好？」

「這就是我最氣的地方！」柯以琳的音量又提高了，「既然不愛我，為什麼要騙我？」

如果說只是為了讓她開心，她一定不會接受吧？

杏榕小心翼翼地說：「妳說的對，他真的做錯了，但是他沒有惡意啊。不管怎麼樣，他為妳做了這麼多，妳卻這麼輕易就毀了他，有點說不過去吧？」

柯以琳嘴唇顫抖，說不出話來。

「柯小姐，我相信妳不是壞人。如果妳害鴻鈞身敗名裂，到頭來最難受的人一定是妳自己。請妳好好考慮一下。」

柯以琳冷笑一聲。

「不要太天真了，我是超級大壞人，只要自己難過，就一定也要拖別人下水！妳那套好聽話去講給幼稚園的小朋友聽吧！」

她頭也不回地離開，留下氣餒的杏榕。

＊　＊　＊

接下來一天，杏榕緊張得差點瘋掉，生怕自己又給鴻鈞惹了大麻煩。

沒想到第二天傍晚，郭經理打電話來，說柯以琳已經撤銷了她的控訴。因為鴻鈞一直沒接電話，他要求杏榕代為轉告。杏榕二話不說衝到鴻鈞家。

連按了好幾聲電鈴，鴻鈞才開門。

杏榕從來沒進過鴻鈞的房子，總覺得應該是打掃得一塵不染，東西也都排得整整齊齊，乾淨到有點無趣的地方。

沒想到這裏跟她的想像完全不同。書報雜誌跟電影ＤＶＤ丟得滿地都是，衣物也隨處亂堆，地上還放著座墊跟薄被，顯然鴻鈞每天坐在地上看書跟影片，看完了倒頭就睡。所以他此刻的儀容也是處於猴子狀態，不是一個「慘」字所能形容。

這也難怪，好心照顧朋友卻被捅一刀，這種打擊也很難承受。

最引起杏榕注意的是起居室裏的大木箱。箱子看來非常古老，就是所謂「老祖母的嫁妝箱」，箱蓋大大敞開著，不知裏面放著什麼。

鴻鈞快步上前，用力蓋上箱蓋，這副慌張的樣子還真不像他。

杏榕把好消息告訴他，以為他會很開心，他卻只是淡淡地嗯了一聲。

「你怎麼一點都不高興？」

「我很高興啊，謝謝妳幫我說服以琳。」

「咦？你怎麼知道？」

「她寫了信給我。」鴻鈞把手機遞給她，「妳自己看吧。」

「鴻鈞：

這次你被我整慘了，是不是？不過你放心，我不會再害你了。我剛剛去了你們總行，告訴他們之前是我說謊。那位張小姐說的沒錯，自從我被拋棄以後，你是唯一關心我的人，如果我還反過來害你，自己都會看不起自己。

但是，我並不想向你道歉。因為你造成的傷害，並不比我做的事輕微。

鴻鈞，認識你的人，十個有九個都會說你是個溫柔的人，但是只有我知道，你也是個殘酷的人。因為你的溫柔，給了我多餘的期待，變得越來越貪心，想要更靠近你，更依賴你。結果卻發現在你心裏，我根本一點也不特別，你知道這有多殘酷嗎？要是你當初根本沒有特意關心我，直接毫不留情逼我還債，我搞不好還比較輕鬆點。

當然，現在說這些都只是馬後砲，我也沒辦法把你為我付出的一切都退還給你，你就當成一個瘋女人的牢騷好了。

話說回來，我為了你不愛我而大受打擊，但是我自己真的愛你嗎？如果真的愛你，我應該用我最好的一面來面對你，而不是一直在你面前擺出悲慘可憐的模樣才對。也許就像張小姐說的一樣，我只是因為自己太脆弱，想找個人依賴而已。所以就算你看著我的眼裏永遠只有同情沒有愛意，我也沒資格怪你。

鴻鈞，我必須要停止了。我得靠自己站起來，而不是只會找人保護我。所以請你也停止吧，不要再用你的溫柔來傷害別人了。

再見了，謝謝你的照顧。下次見到我的時候，我一定會讓你後悔沒有早早把我娶回家。

以琳」

杏榕鬆了口氣，終於解決了。不過這位小姐也實在蠻愛牽拖，一定要堅持鴻鈞也有錯就是了？

「所以你可以回去上班了？」

「是啊。」鴻鈞端著兩杯綠茶走過來，給了她一杯。「不過我今年的考績鐵定是完蛋了，接下來大概兩年不能升遷吧。」

「為什麼？你明明是清白的啊。」

鴻鈞苦笑，「但是我還是越界了，這是銀行員的大忌。人與人之間有一條線，」他用手指在空中虛畫一道，「這條線一定要畫清楚，朋友就是朋友，客戶就是客戶，情人就是情人，絕對不可以搞混，不然就會出大麻煩。」

杏榕想起一件事。

「是哦？那麼請問一下，如果有人明明是自己貸款投資同學的拼布教室，還要騙同學說那是人家還她的錢，他自己只要當不領薪水的顧問，然後又天天跑去打雜，這樣是不是把界線通通弄亂了？」

鴻鈞倒抽一口氣，雙眼瞪得快掉下來，臉也漲紅了。

雖然他頭髮散亂滿臉鬍渣，杏榕還是覺得這表情有點可愛。

「妳為什麼會知道？」

杏榕的臉也紅了，「我才想問你為什麼哩！這樣我很尷尬耶！」

「就是怕妳會尷尬我才不告訴妳啊！」

「這不是重點吧？幹嘛要為我做到這地步啊？」

「如果我說我不是為了妳，只是不希望家豪死不瞑目，妳會開心一點嗎？」

「真的？為了家豪死前幾句話，你就這麼拼命？難道說……」杏榕不知該哭該笑，「你愛的人真的是家豪？」

「張杏榕！」鴻鈞差點把手上的杯子砸到牆上，「妳不要變得跟劉瀾伊一個德性好不好？」

「是你自己說的啊！一切都是為了家豪……」

「如果我是同性戀，我還會跟翠瑤交往，浪費她的時間嗎？妳當我是什麼人？」

看他氣得臉都綠了，杏榕只好認錯了。

「好，我不該亂講話，我錯了，但是你也不該騙我啊。還扯什麼你同事喜歡我的背包，害我自信破表，以為自己真的很有才華。你哦，怪不得柯以琳這麼氣你，你實在是……」

「我沒有騙妳，我同事真的很喜歡妳的包包，不信妳去分行問。」

「分行的人都是你的屬下，當然會照你的話講。」

「妳也太多疑了吧？就算妳信不過分行的人，那麼跳蚤市場上搶著買妳的小飾品的客人難道也是我派去的暗樁嗎？我可沒那個本事！」

他搔著頭，本來就很亂的頭髮頓時變成雞窩。原本沉靜的眼睛現在寫滿慌亂，完全不知該看哪裏。杏榕從來沒看過他這麼慌張的表情。

「好，我不該騙妳，我錯了。但是，我是真的認為妳很有才華，很希望妳可以開業，妳一定要相信我，好不好？」

杏榕不知道該怎麼回答。自從在醫院跟鴻鈞重逢以後，他們就一直是這樣，該講的話永遠沒有說清楚，只好一再重複著誤會—衝突—道歉—和解的循環，實在是太累人了。

用鴻鈞貸款的錢開業，確實是很難堪，但是，難道要她把店面跟器材都退掉，把錢還給他，兩人重新退回原點老死不相往來嗎？

現在的她，做不到這種事。

「老實說，你一直背著我搞一堆花招，我很難相信你。除非你證明給我看。」

「怎麼證明？」

「如果你真的對我有信心，你就要正式掛名『光之翼』的投資人，也就是金主。以後你管資金我管經營，如果賺錢我們就平分，如果虧錢，我們兩個一起遭殃。怎麼樣？答不答應？」

看鴻鈞面有難色，她加重了語氣。

「我絕對不要白拿你的錢。如果你不答應，明天的開幕就取消。」

「OK，就照妳的意思。」

「還要白紙黑字寫下來。界線要劃清楚，是不是？」

「是……」鴻鈞一臉無奈。

「很好！」杏榕心滿意足地放下茶杯，「那麼你現在還剩一個任務，就是明天開幕茶會一定要出席。明天見嘍！」

第四章

「現在請大家把六角形的紙型放在布的背面，把紙型描在布上面，記得要留一公分的縫份，兩種花色要各做四個六角形。」

「光之翼拼布教室」裏，杏榕正神采奕奕地指導著初級班的學生。

雖然經過許多風波，教室終究是招到了符合預期人數的學生，順利地開幕，鴻鈞也在杏榕的力邀（脅迫）之下前來參加了。

教室的燈光照在每個工作枱上，明亮而不刺眼，正是當初鴻鈞堅持要用的高級護眼燈。在燈光溫柔的照射下，杏榕的心裏也充滿了光明。

雖然另一家拼布教室即將開幕，以後競爭一定更激烈，雖然還要很久才能開始獲利，杏榕並不擔心。

她之前的人生一直以家豪為中心，充滿混亂和迷惘，而她無能為力。現在生活終於重上軌道，不管有多麼辛苦，她都可以掌握，這種感覺真是美好。

六點鐘，學生下課了。瀾伊忙著收拾，杏榕打電話給鴻鈞。

「你今天幾點下班？」

「很難講，我答應同事幫他處理一些案子，可能會很晚。」

「你怎麼動不動幫人家接工作啊？」

印象中，鴻鈞從來沒有準時下班過。一來身為主管，太早下班很難看，二來常常有些效率不佳的同事把案子推給他，他照單全收。結果變成晚上九點是正常下班時間，加班超過十點是常有的事，如果可以八點下班就要叩謝天恩了。

他有時還會在拼布教室下課之後跑來找杏榕跟瀾伊一起吃晚餐，然後再趕回銀行工作到深夜，總之是非常誇張的生活方式。

「因為他真的做不完，到時業績達不到標準，還不是整間分行的事？同事本來就要互相幫助。」

「不管啦，我也需要你的幫助。八點來拼布教室一趟，我想多訂一些器材，要跟你商量一下。」

「妳不是說教室經營的事情都由妳決定？」

「你不是說器材的事都要先問你？而且你來了也可以順便幫忙整理儲藏室，有個櫃子我們兩個搬不動。」

「所以我是金主兼工友就對了？」

「能者多勞嘛。」

她在鴻鈞的苦笑聲中掛了電話，對著瀾伊比了個ＯＫ的手勢。

鴻鈞準時到達拼布教室，裏面卻沒有人。

「杏榕？瀾伊？」

當他推開休息室的門，打開燈的時候——

「surprise！」

杏榕和瀾伊朝著他拉開拉砲，彩帶亮片滿天飛。

「生日快樂！」

「咦？是今天嗎？」鴻鈞看著表，「對哦，三月二十六日。」

瀾伊一天不虧他就不舒服。「先生，銀行員怎麼會連日期都搞不清楚？要是作帳押錯日期不就慘了？」

「我記得日期，只是忘了生日。我們向來是月底全分行一起慶生的。」

「除了同事就沒人幫你慶生了？真慘。你要好好感謝杏榕啊。」

大木桌原本是杏榕的工作枱，現在上面擺滿了小菜和沙拉。因為鴻鈞不愛吃甜食，中央的是薯泥派而不是蛋糕。

看到鴻鈞的表情，瀾伊得意地笑了。

「怎麼樣？感動得說不出話了，對吧？那個派可是我親手——打電話去訂的哦！」

「謝謝……」

杏榕忍著笑拉椅子，「別一直站著發呆，坐下來吃吧。」

瀾伊忽然呻吟一聲，「哦，肚子痛……」

「怎麼了？」鴻鈞問：「要不要看醫生？」

「不用不用，是生理期。」

杏榕說：「妳的生理期不是上個禮拜嗎？就在妳吃掉整盒巧克力的時候？」

瀾伊瞪她一眼，「反正，反正我要先回家休息了，你們兩位慢用啊。生日快樂，羅襄寶貝！」

「喂……」

不到一分鐘，她就以跟腹痛完全不符合的神速消失了。

鴻鈞哭笑不得，「她到底在幹嘛？」

「還不就是為了讓我們兩個單獨相處的老梗手段？有夠沒創意的。」

「受不了，都已經跟她說幾百遍了！我去追她回來。」

「都走遠了有什麼好追的？就我們兩個吃吧。」

「可是……」

杏榕知道他想說什麼。晚上的拼布教室只剩孤男寡女，感覺不太自在。

「不用這麼緊張吧？你都已經說過絕對不會跟我在一起了啊。」

鴻鈞呆了一下，隨即驚覺，「妳聽到了！」

杏榕的臉也有些發紅，「你講話那麼大聲，連路口都聽得到。」

「我……聽到就聽到，我也沒說錯，本來就不可能跟我兄弟的前女友在一起。」

「那就更不用在意別人怎麼講嘍。」

「也對。」鴻鈞乖乖坐下。

慶生當然是她的主意。鴻鈞在籌備期間一直很辛苦，又遇到柯以琳的事，好不容易情況穩定下來，她覺得應該要慰勞他一下。

不止如此，她也希望能夠跟他多多相處。

這兩個月來，她對鴻鈞的了解，比大學四年加起來更多。鴻鈞的很多面貌，都是她從來沒看過，甚至想都沒想過的。

身為老同學又是創業夥伴，她覺得應該要試著更了解他一點。

杏榕倒了兩杯香檳，「生日快樂。」

「謝謝，但是我不喝酒。」

「咦？可是你以前不是常喝啤酒？」

「戒掉了。自從我爸喝酒喝到肝硬化之後，我就決定再也不喝酒。」

「哦……」

杏榕忽然想到：等等！上次明明在她家酒後亂性偷親她，還好意思說什麼不喝酒？她當然不方便揭穿他，只好呵呵兩聲，把飲料改成果汁。

「妳怎麼知道我生日？」

「我當然知道。在學校裏，每年的三月二十六日晚上家豪都會跟我請假。不管發生什麼狀況，他一定要幫他的好哥們羅鴻鈞慶生，我絕對不可以阻止他。」

「呃……是哦……」鴻鈞笑得很尷尬。

「有一次我感冒，他載我去看醫生，掛完號他就在診所裏一直看表，生怕遲到讓你等。好像是球賽快開始的樣子？我說我沒事他可以先走，然後他就走了。」

「天哪這傢伙……」鴻鈞搖頭，「他沒跟我說妳感冒，不然我一定會叫他回去陪妳。」

看到她的表情，他抗議，「妳不信？我再怎麼顧人怨，至少也懂一點做人的道理吧？要我把病弱的女孩放著不管，這種缺德事我哪做得出來？」

杏榕被他的表情逗笑了。

「我知道啦。家豪應該就是知道你會叫他回來照顧我，才故意不提的。他說過你就像他大哥一樣一直照顧他，他一年之中至少要有一天把你擺第一位。」

「不要臉，他年紀比我大耶，誰是他大哥？只是真的對妳很不好意思。」

看到他愧疚的表情，杏榕聳肩。

「應該怪我自己太好說話吧。如果我那時硬拉他陪我，他大概不會拒絕。但我實在做不到。」

當年鴻鈞一直看她不順眼，如果她又破壞他們的男人之夜，以後心結一定會更深，家豪也會很為難。她死也不幹這種事。

「妳真是好人，翠瑤才沒妳這麼客氣。她一直跟我抗議，說生日應該要留給女朋友。最後我只好跟她約定，生日前一天專屬於她，絕對不可以排其他活動。」

杏榕嘖嘖稱奇，「明明是你生日，還要這麼遷就她？」

「談戀愛不就是這樣嗎？」

「哦，原來是這樣，所以你在三月二十五日那天壓力都很大。怪不得哦。」

「怪不得什麼？」

「有一次我提前一天祝你生日快樂，你冷冷地嗯了一聲就走開了。」

「我……我跟妳跪好不好？我錯了！」

杏榕大笑起來，鴻鈞翻了個大白眼。

「請問今天到底是慶生還是翻舊帳大會啊？」

「什麼翻舊帳，你不覺得往事讓人很懷念嗎？」

「才怪哩！」說是這麼說，鴻鈞自己也笑了。

雖然是不太愉快的往事，但是能夠一起回味那段時光的，也只有彼此了。

最重要的是，這些事情杏榕已經在心裏積壓了很久，一直怕人家說她小心眼，不敢向別人傾訴，更不可能對鴻鈞直說。但是現在跟鴻鈞漸漸熟悉，講話越來越自在，終於可以一吐為快，頓時輕鬆不少。

「說真的，你那時候到底為什麼那麼討厭我啊？如果不是嫌我家窮的話。我有做錯什麼事嗎？」

「我沒有討厭妳啦！」鴻鈞面紅耳赤看起來快哭了。「是因為……」

他重重歎了口氣，繼續往下說。

「家豪的女人緣很好，戀愛運卻很差。他很容易喜歡上女孩子，一下子就陷得很深，又很容易被拋棄。每次他失戀痛苦的時候，都是我在安慰他，實在是太多次了，所以我直覺就認為，他喜歡上的女生一定都不適合他。高中畢業那年的暑假，他才剛失戀，整天要死要活的。好不容易稍微振作了一點，誰曉得大學開學第一天他就跑去找妳搭訕，我真是快被他氣死了。」

杏榕沉默了。

就像他說的，家豪無時無刻都渴望戀愛。也許是因為他是天生的藝術家，需要愛情給他靈感。但是像他這種只要一開始作曲就無視他人的個性，有幾個女孩受得了？

被狠甩之後，因為太痛苦，他又急著尋找下一段戀情治療他的傷，彷彿只要找到完美的戀人，他的人生就會圓滿，一切問題就會解決。事實當然不會這麼美好，所以家豪常常失望，他對這世界也更加不滿。

「家豪對妳越著迷我就越擔心，生怕妳會傷他更重。不過我還真的沒想到妳可以忍受他這麼久，後來我明白我看走眼了，可是那時已經做了很多失禮的事，實在沒臉跟妳道歉。」

「所以就乾脆裝死是吧？」

「呃……呵呵……」

「其實你也沒做什麼失禮的事啦，」除了那次批評她家境以外，「只是沒有對我特別親切而已。啊，還有，你每次拍班級活動錄影帶都沒有拍到我！」

「我攝影技術本來就很差啊！每次拍完都被同學嫌到臭頭。」

「說的也是哦。那為什麼你還是每次都當攝影師？」

「因為別人都不想做。」

杏榕一陣無力。

「你真的很糟糕耶，整天幫別人收爛攤。我們班的人也真是，明明一直嫌棄你還老是賴在你頭上，真的很過分，大家都被寵壞了。」

「所以是我寵壞大家？」

「呃……也不是這樣……」

鴻鈞平靜地說：「我自願當攝影師並不只是因為別人不想做，另一個理由是因為只有當攝影師，鏡頭才不會拍到我。我不喜歡被拍。照相還可以，錄影我就受不了了。」

「為什麼？」

他的回答有點奇怪，「因為只要鏡頭對著我拍太久，就會拍到怪物。」

「什麼啊？」

鴻鈞沒再回答，只是默默地喝果汁。

接下來幾分鐘兩人都沒開口，埋頭吃點心。然後杏榕發現鴻鈞一直盯著她看。

「羅襄寶貝，請問你在看什麼？」

「妳的背心。應該是從大學一直穿到現在吧？」

杏榕在T恤外面套了一件前開繫帶式長背心。底色是清爽的米黃色，在腰部用拼布點綴著一圈翠綠的銀杏葉，每片葉子外面都有紅黃兩色的鑲邊，非常亮眼。

「你真是好眼力耶，這件背心是我媽幫我做的，我最喜歡的衣服。」

「我看妳是太窮買不起新衣服吧？快十年的舊衣服還在穿，都快穿破了。」

「亂講，我保養得很好，只有重要的時候才穿。像朋友生日啊，上台報告啊……」

鴻鈞接下去，「還有大一入學。」

「對對，我大學第一天就穿這件……」說到這裏，杏榕吃了一驚。大一入學，也就是她跟家豪第一次見面的日子，當然跟鴻鈞也是第一次見面。他居然連她那時穿的衣服都記得？

話說回來，他正在對家豪才剛失戀就找她搭訕的行為不爽，印象深刻也是難免。

「妳跟那時候比起來，衣服是沒怎麼變，人倒是變很多。以前雖然條件不怎麼樣，至少做人很客氣。現在越來越慓悍了。」

杏榕本來想反駁，卻發現他說的沒錯。短短幾個月，她先是強力阻止鴻鈞當第三者（雖然純屬誤會），又跑去死纏郭經理要柯以琳的地址，甚至當面跟柯以琳談判，這些都是她以前絕對做不出來的事。

「沒辦法呀。因為溫柔模式對林家豪不管用，我只好改走母老虎模式。偏偏林家豪不在，只能對著你發作，你自己多保重了。」

「這個嘛，我是有點嚇到沒錯，不過還不討厭就是了。」

吃飽喝足之後，慶生圓滿結束了。

回到家裏，杏榕躺在自己床上，疲倦又滿足。就在快要入睡的時候，忽然想起鴻鈞說的話。

「是有點嚇到沒錯，不過還不討厭就是了。」

他說這話的表情也浮現在腦中：在柔和的光線下，他微微偏著頭對她微笑。不知是不是太累，眼神有點悲傷，又有點惆悵。一方面慶幸眼前擁有的美好，同時又哀悼著逝去的青春。

那是一種溫柔愛惜的表情。

杏榕感到強烈的遺憾。要是她能早幾年認識他這種表情該多好……

* * *

「掰掰，我走嘍！」

瀾伊手上提著一袋壽司，向兩人道別。

杏榕說：「妳怎麼每天都不跟我們一起吃飯？」

「我也不忍心拋下妳獨自忍受這位囉嗦的大哥啊，偏偏我這麼受歡迎，每天都有人排隊陪我吃晚餐，這我也沒辦法。」

「囉嗦的大哥」沒好氣地說：「那就請這位受歡迎的小姐把我買的壽司留下來吧？」

「哎呀，那多失禮。羅襄寶貝專程買來的晚餐，我當然要心懷感激地享用啊。放心，我會邊吃邊想你的！」

鴻鈞翻了個白眼，杏榕低頭竊笑。

從慶生會之後，每天傍晚鴻鈞都會買晚餐去拼布教室給她們。杏榕一直叫他不要破費，不要太勞累，他總是左耳進右耳出。最後她堅持付餐費，否則就不吃，他才乖乖收下。

雖然他每次都買三人份，瀾伊總是會找藉口早早離開，讓杏榕跟鴻鈞單獨相處。自作聰明的傢伙。

幸好杏榕現在跟鴻鈞相處融洽，就算獨處也不會尷尬。她作夢都沒想到，她跟鴻鈞居然會有無話不談的時候。他們聊課堂上的趣事，聊銀行裏的八卦，聊未來的計劃，甚至分享家豪的糗事，一直講到鴻鈞必須回去加班了還意猶未盡。

每天讓他供餐，實在很不好意思，很尷尬，如果是以前的張杏榕絕對無法接受，但她卻在不知不覺間習慣了他的關懷跟陪伴。

因為已經下課，他們就移到教室的大木桌旁用餐。這裏有大玻璃窗，視覺上比較開放。再點亮柔和的小燈，放一點音樂，氣氛不輸高級餐廳。

「對了，我星期天下午想去補充布料，你可以陪我去嗎？我怕要是買太多，會扛不回來。」

上次去布店，杏榕一時衝動買了四五塊大花布跟一堆蕾絲，等到把布提回教室後，兩隻手臂都沒知覺了。

「抱歉，我這個週末要回家，好久沒看到媽媽了。」

鴻鈞的父親已經過世，母親跟二哥一起住在老家。每隔幾週，鴻鈞就會回去老家探望母親。

「哦，你等一下。」

杏榕起身，在她放完成品的抽屜裏翻了一下，找出一個枕頭套。

「這個幫我送給伯母，一點小東西不成敬意。」

「太好了，我媽最喜歡這個顏色。謝謝。」鴻鈞小心地收好枕頭套，又想到一件事。

「這個杯墊還有多的嗎？」他拿起桌上的杯墊，「我可不可以拿幾個去送我二哥二嫂？」

「當然沒問題啊。你對家人真盡心。」

鴻鈞搖頭，「如果不是我二哥答應搬回家照顧媽媽，我就麻煩大了。我爸過世以後，整整一年家裏只有我跟媽媽兩個人。媽媽沒事就一直叨念我，年紀輕輕應該要做大事，怎麼可以一直窩在鄉下小地方，我都快瘋了。二哥回家以後，我才有辦法申請調職。」

「可是你是為了照顧媽媽才留在鄉下吧？你媽是不是有點太苛求了？」

「她沒有惡意啦。她老是覺得她跟我爸耽誤了我的前途，自從……」他忽然住口，歎了口氣。

杏榕明白了，「所以你是為了照顧爸媽才放棄出國？」

「沒辦法，我爸肝硬化很嚴重，大哥在國外，大姐也出嫁了，二哥跟爸爸一見面就吵架，只剩我可以陪在他們身邊了。」

「翠瑤學妹一定很失望吧？你們本來都計劃好了，不是還要結婚嗎？」

「還能怎麼辦？我不能放下爸媽，也不能要求她放棄留學，只能放她走了」

「可以先訂婚，等她拿到學位回來再結婚啊。」

「她拿到學位至少要三年，三年可能發生很多變化。像她現在就留在日本工作，過得很好。如果先訂婚，她畢業以後就非回來不可了，不是變成我耽誤她？而且有了學位，她會有更多更好的對象任她挑，我犯不著自討沒趣，還是直接分手比較乾脆。」

又來了，未免乾脆過頭了吧？

「可是你這樣真的犧牲太大了，搞到現在都沒有女朋友。」

鴻鈞翻個白眼。

「小姐，我是工作忙，不是沒行情好嗎？有好多客戶要幫我作媒，今天還有個歐巴桑把她孫女的照片寄給我哩。」

「真的？拿來，我要看！」

鴻鈞拗不過她，把手機交給她。

「哇，真的很可愛耶。」杏榕看著照片稱讚，「那你要不要約約看？」

「約什麼約？手機給我，我要刪掉。」

「不要刪啦，多可惜。你要拿回家給你媽看，看她喜不喜歡這型的媳婦啊。乾脆先寄給你媽媽好了！」她現在開玩笑越來越大膽了。

「夠了哦，快點還我！」

鴻鈞伸手想奪回手機，杏榕跳起來逃跑。

「妳給我站住！」

「誰理你！」

兩人頓時智力倒退二十年，像小孩一樣在教室裏追來追去。杏榕一個不小心把手機掉在地上，兩人同時撲過去撿，結果在地上笑鬧扭打成一團。

總之，當瀾伊推開教室門的時候，看到的是這副景象：鴻鈞仰躺在地上，杏榕整個人壓在他身上，兩人緊抓著手機用力拉扯，誰也不讓誰。

「呃……有人看到我的耳機嗎？」

一看到瀾伊，杏榕立刻跳了起來。她雙頰緋紅，頭髮因為拉扯而散亂。鴻鈞也爬起來，模樣同樣狼狽。

「妳幹嘛又回來？不是有約會嗎？」

「唉呀，純屬意外嘛。」瀾伊笑得有點奸詐，「打擾兩位真是抱歉啊。」

杏榕急著澄清，「妳沒有打擾什麼，我們只是在玩……」

「看得出來，玩得很高興呢。」

「不要想歪啦！這只是兩個朋友……」

「兩個砲友？」

杏榕被她的刻意捉弄激得滿臉通紅，鴻鈞翻了個大白眼。

「劉小姐，妳要不要休個長假，等耳聾治好再來上班啊？」

「不用吧，瞎眼的老闆配耳聾的行政助理正好啊。」瀾伊拿了耳機，「我出去了，兩位請繼續吧。」

「繼續個頭啦！」

回到家裏，杏榕不經意地往門旁的鏡子一瞥，才發現自己臉上掛著恍惚的笑容。也就是說，她剛才就是這樣滿臉傻笑地一路坐車回家嗎？真是太丟臉了！

正在無地自容的時候，一想到剛才被瀾伊撞見時，鴻鈞臉上哭笑不得的表情，忍不住又笑了出來。

要是每天都能這麼開心該多好……

* * *

星期天下午，因為沒有挑夫兼司機，杏榕在布店裏逛了半天，雖然看上很多東西，也只能隨便挑幾樣，有點惆悵地打道回府。

回家前她先順路把材料放回拼布教室，卻發現鴻鈞已經在教室裏面了。

「咦，你不是回家了？」

「怕塞車，提早回來。」

因為是假日，鴻鈞換下嚴肅的西裝，穿著polo衫和牛仔褲，頭髮也沒有上髮油，而是自然垂在額前，顯得很年輕。

「我家人都喜歡妳的禮物，謝謝。對了，這是回禮。」

木桌上有兩個大紙袋，杏榕打開一開，裏面全是布料，各種亮麗的花色讓她幾乎睜不開眼睛。

「這是我媽媽以前買的，堆了很久都沒有用，想拿來看看妳喜不喜歡。」

「當然喜歡啦！」杏榕摸著一匹緹花布料上的紋路，感動得快要哭了。「你媽媽也喜歡作裁縫？」

「呃，不是。她只是想學，本來還去報名縫紉教室，結果只去了幾堂就懶得去了。之前滿懷雄心壯志買的布就放著發霉，實在很浪費。」

「不會啊，這些布保存得很好，簡直跟新的一樣。啊，對了！」

因為拿到美麗的布料，杏榕心情好得不得了，連腳步都非常輕快，只差沒像小女孩一樣又蹦又跳。

她打開抽屜拿出新作好的成品，「昨天才完工的，送你！」

那是一條領帶，用活潑的色系交錯拼出沉穩的方塊圖案，成熟跟活力兼備，是她的得意作品。

「我看到這幾塊布的時候，就覺得很適合你。你平常一板一眼的，用這條領帶看起來比較有活力。」

「呃……是嗎……」

很難得的，鴻鈞也有目瞪口呆說不出話來的時候。

橘紅的夕陽從玻璃窗射進來，照在他臉上，顯得特別紅。

「你不要發呆啦，快繫上給我看看。」

「我現在穿polo衫，不適合打領帶。」

「也對啦。」杏榕略帶三分遺憾地拿著領帶在他胸前筆劃，「嗯，好看！」

「謝謝。」鴻鈞微微轉頭，露出發紅的耳根。

「其實我是第一次嘗試做領帶，本來還沒什麼把握。」杏榕興高采烈地說：「既然這麼成功，以後就可以常常做來送人啦！」

「常常？」鴻鈞的臉忽然僵住了。

「對呀，對女性可以送小錢包或枕頭套，送男性就不曉得要送什麼，真的很困擾。我高中學長生日快到了，我就再做一條給他好了。」

「哦……」不知道為什麼，鴻鈞的聲音變得有點微弱。

晚上他們一起吃晚餐，鴻鈞的話很少，顯得心事重重。問他怎麼了，他只是勉強一笑，說長途開車有點累。

說是這麼說，杏榕還是忍不住擔心，會不會是自己說錯了什麼話？之前明明那麼開心，為什麼忽然氣氛就變了？

回到家裏，她拿出素描簿開始設計要送給學長的領帶，卻因為心裏不安，怎麼畫都不對。然後手機響起，她收到一張照片。看到那張照片，她的不安立刻一掃而空。

鴻鈞穿上正式的西裝，繫著她做的領帶，顯得非常帥氣又有個性。他臉上的笑容充滿自信，完全不像是開了幾個鐘頭的車，快要累垮的人。

杏榕回撥他的電話。

「你還特地換裝啊？」

「我等不及啦，上班只能穿制服，還得等到週末才能打新領帶，拖太久了。怎麼樣，很帥吧？」

杏榕笑出聲來，「是我做的領帶帥好不好？」

「妳不是專門為我設計的嗎？所以只有我才能表現出領帶的帥啊。」

「哇，只不過換了條領帶，羅襄連人格都轉換了？怎麼變得這麼跩？」

「大概是被領帶附身了。」

「去你的！」

兩人在電話兩端笑了半天，鴻鈞又開口了。

「對了，下個週末，來開個開業滿半年的慶祝會吧，我來訂餐廳。」

「才開業半年就要慶祝？是不是有點囂張啊？」

「哪會？這半年發生這麼多事都平安度過，本來就該慰勞一下自己。」

他說的沒錯，半年來「光之翼」的業績已經漸上軌道，路口的知名拼布教室開張後，報名人數雖然稍微受影響，但也沒有預想中的那麼糟糕。為了留住學生，杏榕特別加開了一門舊衣改造課程，大受歡迎，確實有理由慶祝一下。

「我看你只是想找機會吃吃喝喝吧？」

「妳不是常說我整天加班會過勞死嗎？所以我也得找機會放鬆才行。總之，我會訂很好的餐廳，妳跟瀾伊千萬記得要盛裝打扮，不然會被擋在門外。」

「就只會說我們，你自己呢？」

「我？我只要有這條領帶，哪裏都進得去啊。」

「最好是啦！」

等這通電話在無止無盡的胡扯中結束，杏榕已經笑到肚子痛了。

看來他在晚餐時的冷淡表現真的是因為太累，她想太多了。

本來繼續畫草圖，卻忍不住再度打開鴻鈞的照片看了又看，自己也不明白為什麼。

當然，那條領帶是她的得意作品，跟鴻鈞又那麼適合，她會開心是理所當然，但她不是那麼自戀的人啊。

忽然有種感覺：她再也做不出那麼漂亮的領帶了。

* * *

「妳在看什麼？」

休息時間，杏榕盯著素描簿看了快五分鐘，終於引來了瀾伊的詢問。

「我想做條領帶送高中學長，可是怎麼做都不滿意。」

「不要送領帶比較好吧？」瀾伊皺眉。

「為什麼？」

「很容易引起誤會啊。如果對方是長輩就算了，平輩就不好了。有些人會認為女人送男人領帶，是想要套牢他的意思。」

「我哪有！」杏榕面紅耳赤，「只是想說送男生領帶比較實際啊。」

「所以我說『有些人』，現在很多人的觀念不一樣了。但是萬一真的讓人想歪不是很麻煩嗎？」

杏榕不太確定學長的觀念是怎麼樣，但是不管學長怎麼想，如果他太太想歪就慘了。

「不行不行，要換別的東西。」

翻過一頁準備畫新圖，她忽然想到，那天當她說要送學長領帶的時候，鴻鈞的表情。

莫非他也是想歪的人之一嗎？

她仔細回想那天的情形：鴻鈞收到她送的領帶，顯得不知所措，然後又聽到她說還要做一條給學長，臉馬上沉了下來……

「天哪！」

她羞得把臉埋到素描簿裏。光是想到鴻鈞當時的心情，她就糗到恨不得撞牆。

他一定原本以為她在明示什麼，然後發現自己想太多，才難堪到說不出話來。

可憐的鴻鈞！

「請問，這是最新的找靈感方法嗎？把臉貼在素描簿上？」瀾伊好奇地問。

「不，我下輩子都要把素描簿貼在臉上出門。」已經沒臉見人了。

「那可不行。明天不是要在高級餐廳開慶祝會嗎？餐廳才不會讓臉上長著素描簿的人進門哩。」

杏榕可憐兮兮地拉住她的袖子。

「說到慶祝會，拜託妳這次不要再中途落跑好不好？」她忽然覺得要跟鴻鈞單獨相處很尷尬。

瀾伊對她咧嘴一笑，露出又白又整齊的牙齒。

「抱歉，辦不到。」

＊　＊　＊

天色已經全黑，瀾伊早就離開，鴻鈞也回分行加班了，只有杏榕還留在教室裏埋頭苦幹。學長的生日快到了，她的進度嚴重落後，只好加緊趕工。

不經意抬頭，發現窗外有個女人在徘徊。

大概是想報名拼布課程，又下不了決心吧。「光之翼」的學費比路口那家稍貴了些。話說回來，那女人看起來不像是會在意這點學費的人。

她的頭髮經過設計，鮮豔的洋裝看起來價值不菲，大大的耳環閃閃發光，臉上的化妝也很精巧。只是那些亮麗的色彩似乎沒有沾染到本人身上，反而讓她顯得更加黯淡。

杏榕推開門，「妳好，現在教室下課了，如果想報名的話，可能要請妳白天再來哦。」

那女人朝她微笑。「嗨，杏榕學姐。」

杏榕呆了一下，才想起來這女人是晚她一屆的學妹李翠瑤，鴻鈞的前女友。

「啊，翠瑤。來，快請進。」

領著翠瑤進入休息室，又呆了兩秒才想到應該倒茶請她喝，連忙慌慌張張地找茶杯。她到底為什麼要慌張呢？

「難得回一趟臺灣，跟同學聯絡的時候聽說妳開了拼布教室，就想來看看。學姐氣色真好。」

「妳也不錯啊。在日本工作很辛苦吧？」

翠瑤淡淡地說：「這是我開始工作以來第一次休假。」

「是哦？還真是努力啊。有男朋友嗎？」

「前一陣子分了。」

杏榕捏了把冷汗，這話題好像不太妙啊。

「學姐，聽說這間教室是鴻鈞投資的？你們以前不是處得不太好嗎？」

「這個……有點原因啦……」她自己也說不清楚。

「真想不到呢。以前我每次提議找妳跟家豪學長一起double date，他都立刻否決，活像有什麼深仇大恨一樣。」

「其實一開始也是常常吵架，現在比較習慣了。」

「那麼鴻鈞現在有女朋友嗎？」

「據我所知是沒有。」

翠瑤的表情忽然熱切起來。「那他有沒有提過我？」

杏榕考慮了一下，「他說過，他不夠好，配不上妳。」

翠瑤原本淡漠的表情終於有了變化。「他居然這樣說？講得好像我拋棄他一樣！被拋棄的人是我啊！」

杏榕終於明白為什麼自己這麼緊張，來者不善啊！

「呃，我雖然不太清楚你們的事。不過他是因為爸爸生病才取消出國吧？說拋棄妳未免……」

「取消出國跟分手是兩回事吧，學姐？」

杏榕一時語塞。

「我本來說我也要放棄留學，留下來陪他照顧爸爸，可是他那死腦筋說什麼都不肯，硬要趕我走。我在飛機上一路哭到日本，妳知道嗎？」

「他只是不想耽誤妳啊。」

「他也是這麼跟我說的，還真是冠冕堂皇，害我連訴苦都沒辦法。」

現在不就是在訴苦嗎？杏榕心想。

話說回來，鴻鈞也實在太固執。翠瑤都已經說了願意為他留下，為什麼還要堅持分手呢？再怎麼為她著想也要考慮人家的意願啊。

「所以妳來這裏，是要想見到鴻鈞嗎？」

翠瑤臉紅了一下。

「我只是想，來這邊也許可以碰到他。看來天底下果然沒有這麼湊巧的事。」

「他只是投資，又不在這裏上班。不過妳最好也不要去銀行找他。」之前才出過柯以琳的事，絕對不能再讓鴻鈞的私人問題傳到銀行去。

「還是我打電話請他晚一點過來？」

「他聽到我在這裏，一定不肯過來。」

「怎麼會呢？」

「我打過一次電話給他，他說在忙不方便講話。我再打他就不接了。」

杏榕吃了一驚。鴻鈞居然做得這麼絕？有必要嗎？

他父親已經過世，母親有二哥照顧，當初拆散他跟翠瑤的原因已經不存在了。如果見了面談得順利，說不定可以復合，為什麼要那麼固執？

想到他之前說的「後來我明白我看走眼了，可是那時已經做了很多失禮的事，實在沒臉跟妳道歉」。

因為知道自己有愧於人，不知該如何道歉，只好逃避。

這傢伙臉皮也太薄了吧！

「我出面的話，他應該會給我個面子。」杏榕說完也有些臉紅：她居然對自己的「面子」這麼有信心？

翠瑤搖頭，「如果他說他有事走不開，妳會硬逼他來嗎？」

說的也是。

「學姐，妳一定覺得我很可笑吧？都分手這麼久了，居然還沒有放下。」

「沒這回事。」

她自己為家豪糾結了那麼久，沒資格叫別人放下。

「妳剛剛問我在日本是不是很辛苦，答案是非常辛苦。我過得一點都不快樂，唯一的嗜好就是花錢，買了一堆名牌，心情卻完全沒有變好。這次回家，我已經不想再回日本了，但是又沒有勇氣辭職搬回來。有一件事我一直很在意，想跟鴻鈞問清楚，卻沒有機會。所以我想只要見到鴻鈞，把我的疑惑解開，也許就可以下定決心了。不管是回日本還是留下來，我都不會再猶豫。」

「妳在意的是什麼事？」

翠瑤沒有回答。杏榕也不便再追問。

只是看她這麼憔悴，實在不忍心放手不管。

「這樣吧，我有個主意。」

回家的路上，杏榕在心裏複習她跟翠瑤想好的計劃，越想越不安。

鴻鈞會生氣吧？他們早就說好，不可以再私下瞞著對方行動了。更何況這次完全是鴻鈞的私事，他一定會覺得不受尊重。

但是，如果他沒有生氣呢？

翠瑤對鴻鈞念念不忘，而鴻鈞似乎也沒有忘記她，現在他們兩人都單身，復合的機會很大。鴻鈞自己也說過，很後悔當初沒跟翠瑤去日本。

如果他們復合的話，這次鴻鈞會辭職跟翠瑤一起走嗎？還是翠瑤留在臺灣？

不管是哪一個，杏榕現在的生活都沒辦法繼續下去，她又得自己一個人吃飯了。

胸口陣陣發冷：她真的希望這樣嗎？

第五章

這家餐廳確實很高檔，挑高的空間，典雅的裝潢，還有個清幽的小院子。食物當然也很精美，不過還是留不住瀾伊。

她原本就單點沙拉跟酒，用毫不優雅的速度把沙拉吃完，又喝了一杯酒，就站起來要離開。

「找妳來這種餐廳真是浪費錢。」鴻鈞皺眉。

瀾伊微偏著美麗的腦袋，朝他露出莫測高深的笑容。

「你真——的想要我留下來嗎？」

她的語調讓杏榕覺得有點疑惑，為什麼要這樣問呢？

鴻鈞對瀾伊報以一笑，「我真——的很希望妳快滾。」

瀾伊格格笑著，轉身離開。

杏榕苦笑，「真不知道她在忙什麼？」

「每次都一臉什麼都知道的表情，真受不了，還有，點了一整瓶酒只喝一杯就走是怎樣？」

杏榕笑了笑，覺得全身僵硬。

瀾伊果然先走了，表示她應該要行動了。

「我去補個妝。」

走進化妝室，她拿出手機撥號。

「喂？妳現在可以過來了。待會見。」

翠瑤大概在十分鐘之內就會出現，來到他們桌邊假裝是巧遇。杏榕會提議併桌，然後她就找藉口迴避。接下來就是翠瑤自己的事了。

收起手機，她發現手在抖。

又不是做什麼壞事，幹嘛抖成這樣？

看來她真的不是搞小動作的料呢。

她對著鏡子苦笑，補了一層厚厚的粉。

走回座位，鴻鈞目不轉睛地看著她。

「怎麼了？」

「妳今天真漂亮。」

杏榕臉紅，「你都說了要盛裝打扮，怎麼可以不漂亮？」

她今天專程做了頭髮，換上重要場合專用的白洋裝，裙擺和滾邊全是精美的刺繡，很有質感。

「這件衣服是妳自己做的嗎？」

「當然不是啦，我買了很久，老是捨不得穿，今天總算出關了。」

「真的啊？不過我敢說，妳早晚會進軍服裝業的。」

「還早哩。」

明知翠瑤還要再過一會才到，她還是不由自主地瞄了門口一眼。

「對了，妳學長的領帶做好了嗎？」

「沒有，我決定改做名片夾。」

「為什麼？」

因為怕他像你一樣，誤以為我想套牢他啊！

這話杏榕當然說不出口。

「沒什麼理由，就忽然覺得不是很想做領帶。」

鴻鈞笑了，很開心的笑。

「說的也是，畢竟不是每個人都跟我一樣適合打領帶。」

「少臭美了！」

他現在就繫著她做的領帶，比相片還要帥氣。杏榕忽然很難正視他，又朝門口瞄了一眼。

「妳在等人嗎？」

鴻鈞疑惑的眼神讓她更心虛。

「沒有啊，我怎麼會跑來這邊等人？」她發現自己克制不了偷看門口的衝動，連忙轉移話題。

「我們把瀾伊的酒喝完吧？都已經開瓶了也不能退。」

拿起酒瓶正要倒，鴻鈞歎了口氣。

「就跟妳說過我不喝酒啊，都不關心我。」

杏榕實在太緊張，一時管不住自己的嘴。

「可是你上次在我家過夜的時候，明明就有喝酒。」

「什麼？」

「別想賴，你回去以後我就發現廚房少了一瓶米酒。不過這沒什麼啦，那天家豪剛過世，你會想藉酒澆愁也是很合理，不要再犯就好了。」

鴻鈞臉上的震驚漸漸淡去，變成苦笑。

「小姐，那天我要負責照顧病人，怎麼可能喝酒？」

「呃……」

「妳注意到廚房少了米酒，那妳有沒有注意到廚房變乾淨了？」

「啥？」

「我趁著妳睡著，動手整理廚房，結果不小心打破米酒，我還擦了半天，衣服都沾到了。」

「啊，所以你那時才會全身酒味跑進我房間……」她心中一驚，不能再講了！

看到鴻鈞臉色大變，杏榕真恨不得鑽進地底。然後她又想到一件事。

「所以你那時是清醒的？」

「所以妳那時是清醒的？」

兩人同時說出這話，也同時漲紅了臉。

本來以為他是酒後亂性，跑進房裏亂親昏睡中的她。結果他沒醉，她沒睡。

所以現在是什麼情況？

杏榕瞪著酒杯發呆，卻聽到鴻鈞輕笑一聲。

「什麼啊，原來早就被抓包了。」

咦？抓包又是什麼意思？所以說……

「嗨，鴻鈞！」

一個有點刺耳的聲音傳來，全身名牌的翠瑤，臉上帶著刻意裝出來的驚喜表情，走到他們桌邊。

一見到她，鴻鈞就像被雷打到一樣。他回頭看著杏榕，臉上的表情非常恐怖。

「啊，這不是杏榕學姐嗎？好久不見了，沒想到會在這裏碰到你們耶！」

杏榕張口結舌，腦中一片空白，完全反應不過來。過了幾秒鐘她才發現翠瑤在對她使眼色，然後才想到，對哦，是她通知翠瑤過來的。

此刻她忽然感到強烈的後悔。照理說這個晚上應該是專屬於她和鴻鈞（勉強算上瀾伊）的，為什麼要讓翠瑤插進來？

「呃……對，真巧。妳也……來吃飯啊？」

她拙劣地演出安排好的戲碼，但是從鴻鈞的眼神可以看出，他沒有上當。

照理杏榕應該要提議併桌，但她忘了接下來該說什麼，只是呆坐不動。翠瑤看她這麼不中用，只好咬著牙繼續演。

「真是好久不見了，難得碰到，我們併個桌聊聊天吧。」

沒想到下一個開口的人居然是鴻鈞。

「是啊，既然這麼巧，妳們兩個聊一聊也好。我銀行還有事，我先走了。」

杏榕大吃一驚，「可是你不說是今天不加班？」

鴻鈞笑容滿面地起身，眼中卻充滿殺氣。

「我剛剛才想起來事還沒做完。掰掰。」

「鴻鈞！」

杏榕想也沒想，追了出去，好不容易在他上車前擋住他。

「你幹嘛這樣？難得碰到翠瑤……」

鴻鈞譏諷地一笑。

「張杏榕小姐，請不要侮辱我的智商。妳剛剛一直偷瞄門口，以為我沒看到嗎？妳在背後耍手段的功力比我差太多了，真的要檢討啊！」

「幹嘛講這麼難聽？我只是安排你跟她見個面而已啊，想說給你個驚喜……」

「驚喜？難道妳就沒有想過，也許我根本不想見她嗎？」

不是也許，他都已經拒接翠瑤電話了，鐵定是非常不想見她。

杏榕覺得自己真是笨透了。

「這樣不像你吧？都分手這麼久了，就當作老朋友見面聊個幾句有什麼關係？」

「我就是覺得有關係，妳要告我嗎？」

「看你反應這麼大，一定是忘不了她。」

「對，我從來沒有忘記過她！那又怎麼樣？」

杏榕忽然覺得自己呼吸快停掉了。

「我每天都在心裏對她說『對不起』，雖說這三個字我早就對她本人說過幾百遍了，她就是不接受。現在碰到她，我還是只有這三個字可說，這樣有用嗎？妳覺得她想聽嗎？」

「跟她再道歉一次，也許她就會接受啦。」

「妳還是沒搞清楚狀況，對吧？」鴻鈞氣得臉色發青，「妳只是我的事業伙伴，不是我媽不是我姐妹也不是我老婆，到底憑什麼干涉我的私事？跟妳說過，人跟人之間的界線要劃好，妳是聽不懂嗎？」

「只是事業伙伴」，這話像槌子一樣重重擊在杏榕心口，眼淚湧進眼眶，她努力忍著。

「我也不想這麼雞婆，可是我不能不管啊！你知道女孩子被莫名其妙甩掉是什麼心情嗎？她當然有權利要個交代！」

「莫名其妙？小姐，我跟某個大清早搞失蹤的人不一樣，我可是一路送她到機場，看著她起飛耶！能說能做的都做到了，還要交代什麼？」他坐進車裏，關上車門，「既然妳這麼關心翠瑤，就替我轉告她，祝她早日交到新男友！」

杏榕舉步維艱地走回餐廳，去面對臉色慘白的翠瑤。

「對不起，我沒能留住他。」

翠瑤搖搖頭，「其實我應該一起追出去的，但是又覺得這樣實在太沒自尊，分手後想盡辦法求他跟我見面，到頭來居然還得追著他跑，然後我就動不了了。」

「那接下來怎麼辦？我實在不曉得該怎麼勸他。」

翠瑤拿起桌上的酒杯，把酒一飲而盡。

「不用了，學姐。我說過我見他只是想弄清楚一件事，現在我已經很確定了。」

她赤紅著雙眼，嘴角帶著淒涼的笑。

「當初鴻鈞跟我交往，只是拿我當備胎而已。他從來就沒有愛過我。」

她只丟下這話就離開了，杏榕只好把食物打包，狼狽地回家。但是翠瑤那句話，在她心裏造成更大的混亂。

那應該不是真的吧？只因為鴻鈞不肯見她，就得出這種結論未免太草率。

還有，她說鴻鈞把她當備胎，也就是說鴻鈞愛的是另一個人，那個人又是誰呢？

到了第二天，杏榕就把這個問題拋到腦後，因為她碰到一個更大的問題。

鴻鈞消失了。

＊　＊　＊

兩個禮拜過去了，鴻鈞仍然沒有出現在拼布教室。杏榕原本想說在他氣消之前不要吵他，一通電話也沒有打，到後來按捺不住撥了他的手機，關機中，家裏電話也沒人接。打去分行一問，接電話的人說他調到別的分行去了。

這話對杏榕有如晴天霹靂：調職？他居然連一句話都沒說就走了？

只不過是瞞著他邀請翠瑤參加慶祝會，有必要做得這麼絕嗎？

放下電話，杏榕癱坐在鴻鈞精挑細選的人體工學椅上。

這就是她的報應吧？因為她沒有把界線劃好，干涉鴻鈞的私事。

她只是鴻鈞的工作夥伴而已……

瀾伊在她面前放下一杯熱茶。

「那種個性太一板一眼的人，一旦爆發就會很可怕。這就叫做『暖男的陷阱』。」

「暖什麼？」

「暖男啊，就是最近連續劇常常出現那種溫柔又體貼，很會照顧人，讓人感覺很溫暖的男人。因為太溫暖了，大家就會很想靠近他，結果一不小心就中招了。」

「中招？」

「這世上天生雞婆的人也許很多，但有些人只是因為心裏有個洞，為了把洞填起來才拼命照顧別人。要是有人靠得太近，碰到他那個洞，暖男馬上就會變冰男，然後靠太近的人就凍傷了。」

「所以翠瑤就是那個洞嗎？因為他為了翠瑤傷得太重，所以沒辦法忍受看到她？」

瀾伊的眼睛瞪得差點掉下來。

「姑娘，妳到現在還搞不清楚狀況啊？這整件事跟妳學妹一點關係都沒有，傷害他的是妳啊！」

「我？我做了什麼？」

瀾伊全身脫力地在她身邊坐下。

「妳想想，羅鴻鈞為什麼閒著沒事，忽然要辦什麼慶祝會？他是那麼愛玩的人嗎？」杏榕呆了一下。對啊，平常只想著加班加班加班的鴻鈞，為什麼會忽然提議上高級餐廳？開業才半年就急著慶祝未免太快了。

「他是想向妳表白啊，大姐！」

杏榕翻白眼，「不可能！」

「為什麼不可能？他都已經掏錢出來投資妳開業了，妳還搞不清楚狀況？」

「要我說幾遍，那是因為家豪的遺言！不要跟我說沒有人會為了一句遺言就做到這地步，羅鴻鈞就會！」

「哦，那他每天晚上準時帶晚餐來進貢，也是林家豪的旨意嘍？」

杏榕說不出話來。

在大學裏，如果一個男生每天按時送餐給一個女生，絕對沒有人會懷疑他是在追她。為什麼出了社會，她卻連這點常識都失去了？

「他又不是只幫我買晚餐，妳也有份啊！」

「哦，原來他是在暗戀我啊，我都不知道耶！」瀾伊故作害羞狀地雙手托腮，「那我馬上打電話給他，我們直接去戶政事務所登記吧！」

「不要鬧了！」杏榕快哭了。

「是妳在鬧吧？還有他送你的那些布，妳真以為那是他從他老媽的抽屜裏挖出來的嗎？那些顏色跟圖案，一看就知道是妳喜歡的型。」

沒錯，剛收到那些布的時候，杏榕還以為鴻鈞的媽媽品味跟她很像。但是越想越覺得，未免太像了。

「那些布絕對是他專程去他老家的布店買的！妳看他多認真在觀察妳啊，把妳的喜好摸得一清二楚。而妳卻完全無視他的心情，真是可憐啊。」

杏榕的臉紅得像火燒。

「他對每個人都是這樣啊！而且妳也知道我跟鴻鈞那種狀況，半年以前他根本不願意多看我一眼，誰會認為他喜歡我？而且他之前不是也說了嗎？絕對不會跟我在一起。」

瀾伊義正辭嚴地說：「大姐！天底下沒有一個男人會遵守對我說的話的！」

什麼跟什麼啊？杏榕覺得自己沒中風真是奇蹟。

這時，家豪過世那天晚上那個吻又浮現腦海，她不由自主地摸摸額頭。

那晚他沒有醉，卻還是吻了她。所以，早在那個時候他就……

所以他才說「原來早就被抓包了」。

天哪！

她慌得語無倫次，「可是，怎麼會有人選在那種場合告白？那是慶祝會耶！而且妳也在場……」

她頓時停住。灡伊向來早早離開他們三人的聚會，這早就是慣例了。

也就是說，當她看準灡伊離開的時間準備通知翠瑤的時候，鴻鈞也正在抓時機準備開口告訴她重要的事情。

她摀住嘴，眼淚在眼眶中滾動。

「當他看到那個學妹的時候，一定認為自己被拒絕了吧？如果妳也喜歡他，怎麼會找他前女友去攪局？」灡伊無奈地說。

「我不知道，我根本不知道啊！」

她抱著頭，全身發軟，眼淚也流了出來。

人跟人之間有一條線，一定要劃清楚才不會出差錯。但是，她跟鴻鈞之間的那條線，早在不知不覺間變得模糊不清，根本找不到在哪裏。

她不知道該怎麼處理這種事。

灡伊歎氣，拍她的肩膀。

「沒辦法，要了解別人的想法本來就很難啊，至少妳現在知道自己的想法吧？」

是啊，她現在知道了，非常清楚地知道。

那個人是家豪的哥兒們，在大學裏跟她相敬如冰的拒絕往來戶，是全世界，不，全宇宙，最不可能讓她動心的男人。

但是現在，光是想到以後再也見不到他，她就覺得自己的心被挖掉一大塊。

而且居然還是她自己把他趕走的。

她之前對鴻鈞成見實在太深，就算後來心結化解了，她也只當是撿回了一個朋友，小心翼翼地珍惜著兩人的情誼，卻徹底忽略了其他的可能性。也忽略了自己真正的心情。

現在她明白了，卻已經來不及了。

「哎呀，不要哭啦，情況雖然不太好，但也不是世界末日啊。妳只要去打聽一下他調去哪間分行，然後就可以去找他了。」

「去找他做什麼？要讓他知道，家豪死了還不到一年，我就對著他最好的朋友發花痴嗎？」

「不是這樣講吧？妳跟林家豪分手多久了，難道還要幫他守喪三年嗎？而且現在妳已經知道他的心意，也該讓他知道妳的心意吧？這是妳欠他的。」

這話也有道理。杏榕擦乾眼淚，對，現在不是哭的時候。

雖然她不習慣做這種事，雖然很緊張，很害怕，她還是要勇敢出擊，把鴻鈞找回來。

＊　＊　＊

「鴻鈞調到哪個分行？」

郭經理一臉困惑，彷彿杏榕問了全宇宙最奇怪的問題。

「他沒有告訴妳嗎？」

杏榕慚愧無地，小聲地說：「沒有。」

郭經理往後靠在椅背上，瞇起眼睛仔細地打量她。杏榕更加不安，為什麼這樣看她？她說了什麼不該說的話嗎？

「張小姐，既然鴻鈞沒有告訴妳，我也不能透露他的行蹤。上次我失言告訴妳他貸款的事，他雖然沒說什麼，但我知道他心裏很不高興，這次就不能再亂講話了。妳不要急，以妳跟鴻鈞的交情，相信他很快就會跟妳聯絡了。」

他就是完全沒跟我聯絡啊！杏榕心裏吶喊著。

她不好意思耽誤經理的工作，起身告辭。郭經理卻叫住她。

「張小姐，上次柯小姐的事，妳應該記得很清楚吧？」

「我當然記得。」

「妳也說過，鴻鈞是個非常溫柔體貼，看到朋友有難一定會幫忙的人。但也因為他太溫柔，有些女性會對他產生多餘的期待，最後反而造成無謂的紛爭，實在是很遺憾。」

「這我也知道。」

「真的是好人難做，對不對？」郭經理說：「有些人跌倒以後，只要拉一把就能站起來，有些人卻希望別人一直背著他走，實在很要不得。」

杏榕一頭霧水，他跟她說這些做什麼？

「張小姐，我認為妳是個好女孩，所以真的很希望妳不要變成第二種人。」

走了半條街後，杏榕才明白他的意思。

郭經理把她當成跟柯以琳一樣的人了！他以為她也是那種只因為鴻鈞對她親切，就一味依賴他，剝削他的人。所以鴻鈞才不跟她聯絡，所以他才不能透露鴻鈞的去處。

杏榕難堪得全身發燙。什麼嘛！她才不是那種人！

腦中響起一個聲音：妳真的不是那種人嗎？

她的確接受了鴻鈞的經濟支援，也常常讓鴻鈞提供精神上的支持；天天厚著臉皮吃他買的晚餐，還要求他當挑夫幫忙買布。她跟柯以琳到底有什麼不同？

現在鴻鈞不在，她六神無主，一心只想找到他。是因為她真的愛他嗎？或者只是少了好用的工具人，心裏很害怕？

講得更難聽一點，搞不好她是因為獨身太久孤單過頭，一碰到對她親切的男人，馬上就陷下去了。

這是有可能的，不是嗎？她向來認為自己不可能愛上家豪以外的人，現在家豪才過世半年多，她就滿腦子想著別的男人，而且還是家豪的好朋友！

她都快不認識自己了。

這個名叫「張杏榕」女人，到底是哪種人呢？

她不知道。

回到「光之翼」，瀾伊正在檢查email。

「今天收到一封『王俊雄』的信，妳知道是誰嗎？」

「他是家豪的表弟。」

杏榕這才想到，之前俊雄跟鴻鈞聯合起來騙她，她還沒跟他算帳呢。

信的內容很簡單，恭喜她順利開業，他現在調回臺灣的分公司，每天忙著拜訪客戶，順便跟她打個招呼。

瀾伊搖頭，「嘖，還真有規矩，可是太有規矩反而顯得很假仙，比羅裏寶貝還嚴重。對了，妳問到他的新分行了嗎？」她抬頭看到杏榕的表情就知道答案，露出苦笑。

「看來很麻煩呢。」

這時電子信箱又來了一封信，瀾伊點進去一看，臉色大變。

「哦哦，更麻煩的來了。」

那是房東的來信。講了一大堆經濟不景氣，油電雙漲，地價上揚，日子難過的廢話，重點就是：漲房租。

「光之翼」的租約幾個月後就要到期，如果要續約，每個月租金要漲一成。

開課半年多，拼布教室的經營雖然已經穩定，卻也很難再擴展。路口連鎖拼布教室為了競爭，也推出舊衣改造課程，杏榕的優勢又減少了。為了避免學生流失，她也不能漲學費。

如果真的加房租，很可能會撐不下去。

可是如果另外找便宜的地點，一切又要重頭開始。

瀾伊臉上寫滿無奈，她之前開的咖啡店就是這樣完蛋的。

「抱歉啊，妳好像是被我帶衰了。」

杏榕從她頭上一拍，「講什麼傻話？一定有辦法解決的。」

「什麼辦法？」

「我現在開始想。」

說是這麼說，她根本不知道該怎麼處理。

如果傳簡訊給鴻鈞，說拼布教室出現危機，他應該會立刻飛奔回來幫忙吧？

下一秒，她就對居然有這種念頭的自己感到萬分厭惡。真是可恥！

她下定決心，絕對不讓鴻鈞知道這件事，她要靠自己的力量解決。

＊　＊　＊

夜裏，杏榕煩得連最愛的偶像劇也看不下去，只能站在陽台上發呆。希望夜風讓她腦袋清醒，早點想到解決困難的方法，但她只會胡思亂想。

也許她可以兼開安親班，讓必須帶小孩的媽媽也可以來上課，把小孩交給瀾伊照顧……她會被瀾伊殺掉。

當她煩到不能再煩的時候，就只能做一件事：拼布。

拿出工具，在「海上鋼琴師」優雅又帶點感傷的音樂中，她埋首縫補，靠著針線給她安慰。

手機套、枕頭套、書套、杯墊、小玩偶……多做一點東西，至少可以賣點錢吧？這樣不夠。現在賣小東西的拼布工坊多的是，她必須做不同的東西。

體積要更大，技巧要更複雜一點，還要更有質感……

忽然間，靈感來了，就像漫畫裏面腦中燈泡忽然點亮的感覺。

現在打電話太晚了，她打開電腦，對著某一封郵件按下「回覆」。

「王先生您好，好久不見。謝謝您的問候。不知道您幾時有時間見個面？我有事想跟您說。」

＊　＊　＊

學生都離開了，瀾伊忙著收拾東西，杏榕進休息室換衣服。當她走出來的時候，教室裏多了一個她意想不到的人。鴻鈞。

「哈囉，好久不見。」他的笑容有些緊張。

杏榕的第一個念頭，是瀾伊瞞著她告訴鴻鈞漲店租的事，硬把他逼回來。

「哦，嗨。」杏榕的招呼也同樣僵硬，「今天怎麼有空過來？你不是調職了？」

「不是調職，是借調。外縣市開了新分行，我去支援兩個禮拜。今天支援結束，我就回來了。」

原來只是借調兩個禮拜？杏榕全身脫力，搞什麼，害她以為他不回來了！

問題是，為什麼他沒有告訴她？

正因為她連這種事都不知道，郭經理才會拿她當跟蹤狂。

他一定是故意的。想到這點，杏榕剛見到他的欣喜立刻沉到谷底。

看到她的表情，鴻鈞也有點心虛。

「新分行事情很多，忙到連休息的時間都沒有。本來今天下午還要再開個會，臨時取消我才可以脫身。兩位小姐有沒有時間一起吃晚餐？」

杏榕飛快把私人物品掃進包包裏，「你跟瀾伊去吃吧，我有約了。」

「哦……也對啦，我應該先打個電話問問，真不好意思。」

兩個禮拜不見，他們居然已經變得這麼生疏了？

「是啊，真不巧。啊，他來了。」杏榕朝門口的男人招手。

看到那人是王俊雄，鴻鈞僵住了。

俊雄推門進來，「哈囉，羅先生，好久不見。」

「王先生……你回來啦？」

「是啊，以後還要待很久哩。嗨，張小姐，妳今天真漂亮。」

杏榕走向他，「謝謝，你真準時。」

「我在塞車時間開始前就出發了。可以走了吧？」

「嗯。鴻鈞，瀾伊，掰掰！」

鴻鈞錯愕地看著杏榕跟王俊雄並肩離開，不知該如何反應。

一轉身，瀾伊就站在他面前，臉上掛著大大的奸笑。

「我要吃壽司。」

＊　＊　＊

一路上兩人都沒怎麼說話，俊雄專心開車，杏榕沉浸在自己的思緒裏。

「看來妳跟羅襄理已經和好了，真是恭喜。」俊雄打破了沉默。

「咦？他沒告訴你嗎？剛才他看到你也是很驚訝的樣子。你們都沒聯絡嗎？」

「當然沒有，我跟他並沒有那麼熟。」

「真的？我還以為你們是好麻吉，上次不是還合演了一齣戲，騙我說家豪的爸媽要還我錢嗎？」

「哎呀，被拆穿了。」俊雄苦笑，「所以妳是為了修理我才約我嗎？看來我今天是上了賊船了。」

「那當然啦。」杏榕說：「今天要解決的事可多了。」

晚上回家後，瀾伊打電話來。

「我說真的，妳心愛的羅襄理真的很機車耶。我這次難得沒有中途落跑，捨命陪君子，他卻愛理不理。問他為什麼不打聲招呼就跑去出差，他也不回答。」

杏榕苦笑。鴻鈞本來就是什麼事都悶在心裏的個性，怎麼可能會告訴瀾伊？

「我本來想告訴他，妳最近想他想到天天以淚洗面……」

「妳絕對不准講！」杏榕厲聲說。

「不要那麼兇啦，我怎麼可能會破壞妳的身價呢？他問我說，妳為什麼會忽然跟王俊雄出去，我就很跩地回答：『你現在才知道杏榕的行情有多好啊？』」

「也沒必要講成這樣吧？」杏榕欲哭無淚。

「喂，他莫名其妙搞失蹤，害妳那麼難過，讓他緊張一下也只是剛好而已！不過，妳知道妳早晚要自己跟他講清楚吧？」

「我知道，但不是現在。」

「ＯＫＯＫ，隨妳怎麼說。妳跟王俊雄談得怎麼樣？」

「成功了。」

現在俊雄每天到處拜訪客戶，需要準備伴手禮。伴手禮越特別，客戶對他的印象當然就越好。

杏榕主動跟他聯絡，提議為他提供伴手禮。俊雄的客戶很多是大老闆，當然不能送他們年輕女孩的手提包或裝飾品。她之前做了幾條桌巾跟掛毯都很有氣勢，很適合放在辦公室裏。她帶了作品的照片給俊雄看，他很中意。但是數量不夠，所以她必須在一週之內再趕出五條掛毯，工程相當浩大。她白天還要上課，負擔非常重。

但是如果成功了，她可以拿到相當高的價錢，也可以達到宣傳效果，對情況險惡的「光之翼」是一劑強心針，她非成功不可。

她跟瀾伊說好了，絕對不能把漲店租的事告訴鴻鈞。不能再增加他的負擔了，她才是經營者，店租的事應該由她負責。

最重要的，她要證明她可以獨力解決困難，她跟柯以琳不一樣，不是只會依賴鴻鈞的寄生蟲。

到了那個時候，她就可以心安理得地愛鴻鈞了。

* * *

晚上十點半，杏榕的手機響了。

「現在方便說話嗎？」是鴻鈞。

「可以啊，什麼事？」杏榕開了擴音，把手空出來繼續工作。

「我只是想問……妳現在還在做拼布？」

「你怎麼知道？」

「因為妳在聽『海上鋼琴師』啊。妳只有在工作的時候才聽『海上鋼琴師』。還有，那是教室的音響吧？妳在拼布教室裏？」

為了趕工完成俊雄的訂單，杏榕把愛用的工具跟必備的音樂都放在這裏，把教室變成了工作室。

想到自己這麼容易被他看穿，杏榕滿臉通紅。

「你耳朵那麼靈幹什麼？」

「為什麼這麼晚還不回家？」

「就靈感來了，想趕快把東西做出來。」

「哦，情場得意，靈感源源不絕是吧？」

「拜託！昨天那個不是約會啦，只是普通的朋友聚餐。」

「隨便。妳再不回家就沒車坐了。」

「不用擔心，末班車是十一點。」

「太危險了，趕快回去吧。」

「好啦。」

掛上電話她才想到，忘記問鴻鈞找她的原因了。

結果等她收好工具準備離開，已經超過十二點，早就沒公車了。

她歎了口氣，打算打電話叫計程車，忽然有人敲窗戶。

是鴻鈞，臉色非常難看。

沒錯，他就是這種個性，絕對不會任由女性深夜獨自回家。

但他卻會整整消失兩個禮拜，沒有半點音訊。

車子在沉默中走了一段路，兩人同時開口。

「那個……」

鴻鈞輕笑，「妳先說。」

「上次的事情，真的很對不起。」杏榕誠心誠意地說：「我不該瞞著妳找翠瑤過去。」

「那個啊?沒事啦。」鴻鈞笑得洒脫，但眼裏還是有些陰影。「想想妳說的也是，分手那麼多年，再多心結也該解開了，見個面聊聊天也沒什麼不對。我反應那麼激烈反而顯得很小家子氣。」

翠瑤對你的心結可完全沒有解開。杏榕心想。

「那你呢?你要說什麼?」

「首先呢，這次調職沒先跟妳說，也沒跟妳聯絡，實在很不好意思。我不在的時候沒發生什麼事吧?」

「沒有。」杏榕的聲音很穩定，沒有破綻。她對自己很滿意。

「真的沒有嗎?妳不是多了個追求者?」

杏榕翻白眼，「我說了，我沒有跟俊雄約會，只是朋友一起吃飯。」

「說到朋友，你們什麼時候變得這麼熟了?」

「他畢竟也曾經鼓勵我開業，現在我真的開業了，總該感謝他一下吧？」

「也對。」

鴻鈞想了一下，又說：「如果妳真的跟他在一起……」

「我沒有。」

「我是說『如果』。如果妳決定跟他在一起，妳會告訴我吧？我希望妳不要因為我是家豪的朋友就覺得有顧忌，真的不需要。連家豪都沒資格管妳交男朋友，我更沒資格。如果妳瞞著我，我會很難過。」

「你難過的點真特別。」

「什麼？」

「沒什麼。我沒有跟王俊雄交往，就算真的交了男朋友也不會瞞著你，ＯＫ？」

「好。」

再度陷入沉默。

杏榕忽然有點焦躁。就這樣？

「你沒別的事要跟我說了嗎？」

鴻鈞一怔，張口好像想說什麼，又搖搖頭。

「沒有啊。」

不對吧？杏榕心裏吶喊著：慶祝會那天，你不是想跟我表白嗎？怎麼現在又沒動作了？話說回來，是瀾伊單方面說他要告白，可沒有任何證據。也許他對她根本沒有意思，全是瀾伊亂想。

每天的晚餐會面，還有那堆布料，還有他任勞任怨的付出，說穿了也不算什麼。那八成只是他的習慣，他對每個柔弱需要幫助的女人都是這樣，例如柯以琳。

杏榕非常沮喪。被瀾伊三言兩語就說服的自己，真是個大花痴啊……

*　*　*

「嗨，杏榕，請進。」

聽到門鈴，俊雄打開雕花的鐵門，對她微笑。

因為俊雄平常行程滿點，杏榕只能利用星期天的下午，把已經完成的作品送去他家。

不管心情再差，工作還是要做。

她必須先把訂單處理好，才能靜下來思考如何面對鴻鈞。

當俊雄在看成品的時候，她趁機打量四周。

俊雄顯然連打開行李的時間都沒有，裝飾架上空空如也，地上堆了好幾個紙箱，可惜了這麼好的房子。

這公寓面積很大，光滑的大理石地板可以拿來當鏡子。家具都是俐落的極簡風格，窗下還有一個躺椅，可以躺在上面享受午後的陽光，不過屋主大概沒那個時間。

然後她看到躺椅旁邊放了一把吉他。

「妳真的做得很好，辛苦了。」俊雄大力稱讚，「對了，最近有位大客戶過生日，他之前提過很喜歡泰姬瑪哈陵，我想送個泰姬瑪哈陵的掛畫給他，妳可以幫我做嗎？」

又是大工程，但杏榕毫不畏懼。

「沒問題。」

兩人討論了一會，等細節都講得差不多了，她才發問。

「那把吉他是你的嗎？」

「是啊。」俊雄笑得很愉快，「妳不知道吧？以前我是跟家豪一起學吉他的。」

「真的？」

「我們兩個總是一起背著吉他去老師家上課。不過我不像家豪那麼投入，等一上了高中功課壓力變大，我就放棄了，頂多心情好的時候彈一彈打發時間。」他把吉他拿在手上，「妳想聽我彈嗎？」

「當然啦！」

俊雄的技巧相當熟練，歌喉也不錯，但他跟家豪的吉他完全不同。他彈的全都是流行歌，雖然流暢卻沒有投入太多感情。正如他所說，只是打發時間用。

家豪都是自己創作，而且是彷彿要將肝腸全部嘔出來一樣地拼命創作。當他拿起吉他的時候，就會把其他的一切拋到腦後，整個宇宙只剩他跟他的音樂。

除了音樂，俊雄的個性跟家豪也是天差地遠。他斯文有禮，待人處世圓融得體，比家豪成熟幾百倍。

她腦中沒完沒了地比較著家豪跟俊雄，忽然想到一個問題：那麼鴻鈞又是什麼樣的人呢？乍看之下，鴻鈞跟俊雄比較相像，都是穩重可靠的社會菁英。但是鴻鈞身上有一種令人不安的氣息；總覺得這一秒他也許還輕鬆地談笑，下一秒就會忽然翻臉轉身離開。

這就是瀾伊所說的，「暖男的陷阱」嗎？

手機鈴聲響起，打斷了俊雄的吉他聲。杏榕連忙道歉，到落地窗旁接聽。是鴻鈞。

「哈囉，妳現在有空嗎？我剛剛看到網路上說今天有創意市集，想找妳去逛逛。」

「不行耶，我現在跟朋友有約。」

「這樣啊，那妳們大概要到幾點？晚上還有露天表演，可以約妳朋友一起來看。」

杏榕還在思索該怎麼回答，廚房裏傳來俊雄的聲音。

「啊！」

杏榕連忙回頭，「怎麼了？」

「沒事沒事，咖啡杯打破了，妳不要過來免得踩到。」

「哦……」

這時耳機裏傳來鴻鈞的聲音。

「那是王俊雄吧？妳在他家？」

他的聲音有點冷，杏榕頓時有種很不妙的感覺。

「對，有點事要談。」

「抱歉打擾了，你們繼續吧。」

「不是，我們已經講完了，鴻鈞……」電話已經斷線了。

杏榕一個頭兩個大：現在到底是什麼情形？

* * *

杏榕按了兩次電鈴，鴻鈞才開門。

「有事嗎？」

「我要跟你說，我沒有跟王俊雄交往！」

鴻鈞讓她進來，一臉哭笑不得。

「妳就為了這點小事專程跑來我家？明天再說不行嗎？」

「我怎麼知道你明天會不會突然加班，還是忽然調職？」

「看來偷偷調職一次的罪孽是永遠無法洗清的，是吧？」鴻鈞翻白眼。

「我答應過你，如果交了男朋友一定會告訴你。但是我沒有，所以你絕對不可以亂想！」

鴻鈞靜靜地看著她，然後歎了口氣。

「好吧，妳說沒有就沒有吧。」

什麼態度啊！看來他是一點也不相信她。杏榕不禁氣結。

鴻鈞伸手拿杯子，「喝茶可以嗎？咖啡妳下午應該已經喝過了吧？」看到杏榕吹鬍瞪眼的表情，他無奈地說：「我是說真的，咖啡喝太多對身體不好。」

「你說是就是吧。」

他們又開始溝通不良了。杏榕覺得非常苦悶。

她在沙發上坐下。這回他家整齊多了，每樣東西都井然有序。她的視線再度落到旁邊的大木箱上。

木箱上蓋著她做的桌巾，當做茶几用，只是桌巾下方可以看到牢固的大鎖。

上次她只是瞄了一眼，鴻鈞就立刻衝過來把蓋子蓋上，顯然非常重視裏面的東西。

鴻鈞端茶過來，杏榕接過，隨口問，「箱子裏裝的是什麼？」

他想也沒想，「屍體。」

首歌。

「喂！」

「既然不能打開，我回答什麼都一樣，不是嗎？」

她不想再跟他鬥嘴，只好氣呼呼地喝完茶，正準備告辭的時候，鴻鈞的音響切換到下一首歌。

林家豪的「光的翅膀」。

杏榕一怔，忘了要離開。

音樂播完後，鴻鈞苦笑。

「上次跟妳一起聽這首歌的時候，場面可真是恐怖啊。」

杏榕想起她歇斯底里撕破家豪衣服的景象，臉上一紅，隨即不服輸地反駁。

「不要裝了，我就不信你以前沒看過女人發瘋。」

一提到那天的事，兩人立刻同時想起另一件事。

「關於那天半夜……」鴻鈞深吸一口氣，「我想我真的是酒後亂性了，實在很不好意思。」

杏榕目瞪口呆，「你不是說你沒喝酒？」

「我是沒喝，但是酒灑了一地，我拿抹布去擦，一直聞那個酒味，腦袋也有點昏了。」

最好你酒量這麼差啦！杏榕很想吐槽，卻說不出口。

「我想我是太久沒喝，對酒適應不良。總之那時就有點頭昏眼花，然後就開始胡思亂想。本來進房間要叫醒妳，忽然覺得妳很可憐，失去男朋友又受傷，想安慰妳一下，就從妳額頭上親下去了。現在想想實在是白痴到極點，真是不好意思。」

鴻鈞講話速度有點急，聽起來一點說服力都沒有。但是她能說什麼？

「親額頭還好啦。不用在意。」

杏榕的聲音有點乾啞。

居然用這種藉口為自己那晚的行為解套，意思就是他不打算再進一步了？難道他真的一點也不喜歡她？既然如此為什麼又要在意她跟俊雄見面？到底是為什麼？

心裏另一個聲音又響了：為什麼？不就是妳這個笨蛋硬要把他前女友拖來鬧場嗎？女人的心是水晶做的碰不得，男人的心就活該被妳拿來摔嗎？

「話說回來，從那天以後，還真的發生了很多事呢。」鴻鈞一臉感傷。「我們兩個能夠一路走過來，變成現在這樣，我覺得很安慰。」

杏榕沒辦法說話，只能低低地「嗯」了一聲。

「老實說，我真的很喜歡現在的生活。跟妳一起為了拼布教室努力，一起吃飯聊八卦，每天都很快樂。雖然很希望這種生活可以永遠持續下去，但我想那是不可能的。」

為什麼不可能？杏榕很想問。

「總之我只想說，不管未來會怎麼改變，我永遠希望妳幸福，也希望我們永遠是好朋友。」

杏榕覺得雙眼刺痛，心裏吶喊著：你就非要在這種時候發朋友卡不可嗎？

＊　＊　＊

那個星期天之後，鴻鈞再也沒有來找杏榕吃晚餐，連電話也不再打。

杏榕實在無法理解。就算他說的沒錯，這種生活不可能永遠持續，但也沒必要立刻就把這種生活斬斷吧？他到底在想什麼？

只是，她還不知該怎麼處理跟鴻鈞的關係，新的麻煩又來了。

拼布教室樓上原本的住戶一個禮拜前搬走了，房子借給一對親戚居住。然而這對夫妻是問題住戶，由妻子打零工賺錢，做丈夫的游手好閒，整天喝酒惹事。夫妻兩個常常大吵大鬧，甚至一路追打到大街上，左鄰右舍都被驚動了。

前天，那個男人還坐在樓梯口喝酒，對著來上課的主婦和小姐們胡言亂語，讓大家心情都很惡劣。

杏榕正在擔心這事情會影響教室的招生，沒想到對方又有新花招了。

這天下午的課程特別複雜，幾乎每種針法都用上，而且細節太多，大部分都必須靠手縫，需要特別專心。

正當學生們聚精會神努力運針時，外面忽然傳來震耳欲聾的鞭炮聲，把大家嚇得跳起來，還有人被針戳到手。

「喂！等一下！」

當杏榕忙著照顧受傷的學生時，瀾伊衝出去抓放鞭炮的人，沒一會兒又氣沖沖地回來。

「可惡！又是樓上那傢伙！」

那個男人窮極無聊，居然跑到別人店門口亂放鞭炮。還好那時沒有人經過，否則鐵定被炸傷。

杏榕看著學生們又驚又怒的表情，心知這事再不解決不行了。

到了晚上，等樓上太太下班的時候，杏榕跟瀾伊告訴她這件事，請她勸勸她丈夫。

誰知她只丟下一句，「我老公只是想讓妳們的店熱鬧一點啊！」然後就把門當著兩人的面關上，不管她們再怎麼按鈴也不理。

杏榕跟瀾伊氣得半死，卻無計可施。

第二天早上，拼布教室的大玻璃窗，被人砸出了巨大的裂縫。還好玻璃夠厚才沒破碎，但是光是那幾道裂縫就夠讓人心驚了。

杏榕只好緊急通知學員們停課，請玻璃師傅來換玻璃。對於樓上的惡鄰，她真的不知該怎麼辦。

瀾伊建議報警，但是這附近沒有監視器，沒辦法證明是樓上的人做的。況且就算對方被逮捕，要不了多久就會放出來，到時一定報復得更厲害。

但是再這樣下去，拼布教室就完蛋了。

杏榕望著自己一手建立起來，現在搖搖欲墜的「光之翼」，覺得筋疲力盡。好不容易拿到俊雄的訂單，為什麼偏偏在這時候……

* * *

接下來兩天，雖然沒發生什麼事，但是睡眠不足和壓力已經讓杏榕身心俱疲。

這天她正想趁午休小睡一下，偏偏又來了客人。路口那間拼布教室的負責人程老師。噓寒問暖講了一堆不痛不癢的閒聊之後，程老師終於提出了來意：她想知道杏榕有沒有意思把「光之翼」賣給她。

她很熱心地告訴杏榕，最近這一帶有傳聞要漲房租，她擔心以「光之翼」的規模會維持不下去。如果跟她的教室合併，收入會增加很多，她也歡迎杏榕去教課，是個雙贏的局面。

杏榕忍不住起了疑心，該不會來鬧場的人根本不是樓上鄰居，是她派來的吧？就算不是，她選擇「光之翼」內憂外患的時候跑來談這種事，也未免太乘人之危。

講得更難聽一點，搞不好是她的教室沒有達到業績，受到總公司的壓力才提出這個提案。

杏榕以「要跟投資人商量」為由把程老師打發走，心情更加沉重。

要建立安穩的生活很困難，要破壞卻是輕而易舉。

如果真的把拼布教室賣掉，應該會很輕鬆吧？

＊　＊　＊

「妳還沒回去？」

晚上十點，鴻鈞結束加班來到拼布教室，一進門就看到杏榕還在工作。再看到她的頭髮隨意夾著，身上穿著家居用的衣褲，臉色更難看。

「妳該不會是住在這吧？」

杏榕只是瞄他一眼，手仍然沒有停下來。

「抱歉，難得羅襄理大駕光臨，可惜我現在沒空招待，請您改天再來打卡吧。」

這句充滿譏諷和怨念的話並沒有動搖鴻鈞。

「改天是什麼時候？妳什麼時候才要告訴我漲店租的事？什麼時候才要告訴我有人鬧場的事？」

杏榕終於放下手邊的工作，「是瀾伊……？」

「我有幾個客戶在這附近開店，稍微打聽一下就知道了。也許妳很難相信，但是我一直在關心這裏的狀況。」

「都已經忙到連電話都沒力氣打了，何必這麼費心呢？」

「所以妳是因為我沒打電話，才會氣到連這麼嚴重的事都不跟我說？」

「不要講得好像我整天守著電話等你好嗎？你是金主，我才是老闆，這種事本來就該我自己處理。而且你也幫不上忙啊。」

鴻鈞緊緊抿著唇，杏榕覺得他的臉好像在顫抖。

「原來在妳眼裏，我是這麼沒用的人？」

「正好相反，你太有用了。或者說，你太想做有用的人了。」

「什麼？」鴻鈞很困惑。

「你每次都這樣，老是去攬一堆莫名其妙的事情，把自己累得半死，我看得很煩！那些事情根本不是你的責任，你幹嘛一定要插手呢？想當好人好事代表也不是這樣搞的！」

鴻鈞大口吸氣，「妳的意思是『光之翼』跟我沒關係，是吧？」

「我的意思是，你該做的事都已經做了，接下來應該由我自己處理。」

「妳打算怎麼處理？」

杏榕試著保持冷靜，「沒看到我正在連夜趕工嗎？我現在必須百分之百專心，才能及時出貨給俊雄，所以拜託你別再吵我了。」

「俊雄？妳現在做的東西是給王俊雄的？」

杏榕點頭，「價錢不錯哦。」

鴻鈞長長呼了口氣。

「原來如此。既然妳已經有王俊雄照顧，那就不需要我多事了。」

杏榕忍無可忍，跳了起來。

「你幹嘛老是聽到俊雄就這樣？說過幾百遍，我沒有跟他在一起，你是聽不懂嗎？」

鴻鈞苦笑，「杏榕，我是很白目沒錯，但我沒有瞎。妳看看王俊雄那個人，家豪的優點他都有，家豪的缺點他一個都沒有，根本就是個改良版的家豪啊。」

「因為他是改良版的家豪，所以我就一定會瘋狂愛上他，是不是？當我是花痴嗎？」

鴻鈞無言以對，只是怔怔地看著她。

「總而言之，這是生意，俊雄是我的客戶，請不要扯到私人問題上，謝謝。」她抬頭看他，「我真的很忙。」

鴻鈞想不出話可回，只好轉頭走了出去。

杏榕低頭繼續踩縫紉機，眼前卻糊成一片，差點縫歪。

她一心想保住拼布教室，除了長年的夢想之外，另一個理由是因為這裏是她跟鴻鈞的最深的聯繫。只要「光之翼」繼續存在，她就是鴻鈞的事業夥伴。如果「光之翼」沒了，她跟鴻鈞就只是處得不好的大學同學而已。

結果她卻為此跟鴻鈞越鬧越僵，這到底有什麼意義？

把頭靠在縫紉機上，她忽然想起了家豪，還有在他身邊那段充滿挫折的日子。

一般人都說男女朋友的個性最好是互補，一個進一個退，關係才會圓滿。她跟家豪也是互補，家豪一直進她一直退，一路退到懸崖下面去。

感情不是單方面努力就行了，一定要兩個人配合。如果鴻鈞對她根本沒有感覺，那又有什麼辦法？她只能盡力做自己能做的事，再強求也沒用。

她擦掉眼淚，繼續工作。

直到痠痛的身體開始抗議，她決定休息，走到玻璃窗前伸了個懶腰。赫然發現鴻鈞的臉就貼在玻璃上看著她，嚇得她差點心臟痲痺。

「你幹什麼啦！」她顧不得淑女風範，開門大罵。

「我在等妳休息才能跟妳說話，不然妳又要說我打擾妳。」

杏榕愣然。所以他一直站在窗外等？

鴻鈞走進屋裏。

「我覺得我們最近老是在賭氣說氣話，實在太沒意義了。所以我想告訴妳我的真心話。」

他雖然疲憊，銳利的眼神仍然像兩團火炬，讓她覺得自己的心口彷彿要燒起來，只好低頭避開他的視線。

「就像妳說的，我常常會強迫自己去做一些為難的事，但我並不是自己喜歡找事做，更不是為了想當好人好事代表，我只是害怕如果不去做會很糟糕而已。所以我一直覺得很累，每天壓力都很大。但是現在，我有一件真正想做的事，就是讓『光之翼』好好地經營下去。我滿腦子想的都是這個，不是為了家豪，而是為了我自己。」

他揮手指向桌椅、燈具和櫃子，還有掛在牆上的「光之翼」。

「我雖然不懂拼布，但是我真的很愛這間教室。我說過我最羨慕可以創造美麗東西的人，這裏每天都在創造美麗的東西。每次來這裏我都覺得好驕傲，打從心裏希望它能夠成功。所以這不是誰的責任的問題，重要的是我絕對不允許任何人破壞這間教室，不管用什麼辦法，我都會把對方打退的。」

因為實在太累，他的聲音有些沙啞乾澀，聽在杏榕耳裏仍然非常清澈明亮。

鴻鈞不會唱歌，但他有副好聲音，能讓人心情安穩充滿希望。杏榕居然開始嫉妒那些常常被他打電話催收的客戶。

杏榕怔怔地看著他。

羅鴻鈞，平常總是客客氣氣避免得罪人，從學生時代就常常被同學拗去做苦力，出社會又三不五時被拗加班拗請客，一旦展現出他的決心，卻充滿了魄力，帥得不得了。

杏榕很開心。看到這麼耀眼的鴻鈞，讓她非常滿足。

聽起來很花痴哦？管他的，花痴不犯法。

他喝了口水潤喉。

「但是，現在重要的不是我怎麼想，是妳的想法。畢竟妳才是負責人，所有的麻煩工作都是妳在做。所以我想要確定妳的心意，從開課到現在，妳到底快不快樂？喜不喜歡這間教室？我一直覺得妳很開心，但也可能是我想錯了。也許妳已經累了，煩了，這間教室對妳只是負擔，早就不想做了，只是顧慮我，甚至顧慮家豪，不好意思說出口。」

他走到她的座位前蹲下，雙眼正視著她。

「我拜託妳，老實告訴我，如果妳對『光之翼』已經沒有感情就直說，我沒有權利硬把妳留在讓妳不快樂的地方，家豪更沒有權利，他早就死了，憑什麼再困著妳？所以，妳喜歡這裏嗎？」

杏榕微微一笑，「如果不喜歡，我就不會這樣拼命趕工想要保住這裏了。」

鴻鈞鬆了口氣，好像幾千斤的重擔一口氣全部消失一樣。

「那麼，就請妳專心做妳能做的事，其他的事交給我。」

第六章

事實證明，鴻鈞對於他能做的事非常拿手。

他不但找到樓上的原屋主，還一併聯絡到原屋主的老友，拜託那位老友去跟屋主溝通。不久那對夫妻就搬走了。

杏榕這才知道，鴻鈞並不只是個任人利用的濫好人而已。他長年累積下來的人脈不是開玩笑的。

經過不眠不休地趕工，她也把俊雄的掛畫做出來了，大受讚賞。

完成了訂單之後，她又找了一個週末下午去創意市集擺攤，這回瀾伊請假，讓鴻鈞陪她顧攤。

雖然天氣很熱，逛市集的民眾還是很多，氣氛很歡樂。

好久沒有這麼輕鬆地跟鴻鈞獨處，杏榕很開心。只是鴻鈞好像心事重重，總是不自覺地皺眉。

「你好像在煩惱什麼事？」

「這麼明顯啊？」鴻鈞苦笑，「也不是什麼大事啦。我們分行一個員工因為家庭問題心情很不好，昨天情緒有點失控。我把他找去勸了很久，他是有比較振作了，但是我也沒辦法幫更多的忙。」

「那個同事是男的還女的？」

「男的。他是家裏最乖的兒子，平常工作也很用心，爸爸還整天罵他錢賺太少沒出息，真是過分。」他歎息，「要是我能找他爸爸談一談就好了。」

「拜託！人家才不會理你咧。」

「所以我才煩惱啊。」

「你哦！」杏榕真是受不了他，「對方是男的就算了，如果是女生，人家爸爸搞不好還以為你要上門提親哩！幹嘛去管人家的家務事？」

這次的同事是男生，但如果對方是女性，鴻鈞一樣也會把她帶到旁邊去細心勸慰，並且持續關心她。只要稍有不慎，柯以琳事件就會重演了。

「話不是這麼說。他家裏再這樣亂下去，他心情一定會更差，工作也會受影響。昨天幸好我及時處理，不然要是得罪了大客戶，最後倒楣的還不是我？」

「對啦，每個人的事都是你的事！」

杏榕嘴裏數落著，心情一直往下沉。

真的，他就是這樣的人。對身邊的每個人都一視同仁地真心關懷。

一視同仁，意思就是沒有一個人是特別的。

非常地溫暖，也非常地殘酷。

雖然他親口告訴她，「光之翼」對他而言非常重要；但她對他是不是也很重要呢？天曉得。

「總之，再怎麼照顧別人都要有限度，還要保護自己。你們郭經理也說了，有些人跌倒了，別人只要拉他一把他就自己站起來，有些人卻從此賴著別人，希望人家揹他一輩子。你要小心，千萬別被那種人纏上，包括我。」

鴻鈞哭笑不得，「說什麼傻話？妳才不是那種人哩。妳只要我拉妳一把就會很快站起來，然後跑得遠遠的，讓我永遠追不上。」

杏榕吃了一驚，她轉頭看著鴻鈞。他嘴角帶著淡淡的笑，眼神卻有些凝重，顯然說的是真心話。

「太扯了吧，什麼叫讓你追不上，你有追過我嗎？」

「我……」鴻鈞一臉尷尬，「我說的『追』不是那個意思……」

「哪個意思？我完全聽不懂。」

鴻鈞狼狽的模樣讓她有些不忍，但她決心要逼問到底，絕不讓他打馬虎眼。

「我是說，妳很快就會站穩腳步，再也不需要我照顧。所謂的『追不上』只是一種誇大的說法，表示我對妳的信心。這樣講可以嗎？」

「所以你……」

——所以你從來沒想過要追我？

這話到了唇邊又嚥回去，沒有出口。萬一他回答「我當然不會追家豪的女朋友」，那不是更尷尬嗎？

好累……

一路無言地開回拼布教室，卸下物品後鴻鈞才打破沉默。

「去吃晚餐？」

杏榕正要答應，手機響了。是俊雄。

「杏榕，好消息，妳那副畫效果很好，收禮的那位老闆讚不絕口。」

「真的嗎？」

「我的主管說也想要一幅掛在自己公司裏，還有很多同事想報名妳的拼布班。」

「太好了！謝謝你的幫忙！」

「晚上吃個飯，談一下以後合作的計劃？」

「呃……」

杏榕猶豫了一下，回頭看鴻鈞。俊雄立刻察覺了。

「妳已經有約了嗎？」

「對呀……」

鴻鈞雖然聽不到電話內容，也大致猜到了。

「沒關係，你們去吧，我們改天再約。」

「那是羅裏吧？」俊雄聽到他的聲音，「還是請他一起來？我們三個人也該聚聚了。」

杏榕轉達他的話，但是鴻鈞不肯。「跟他說我改天再請他吃飯。」

當她是傳聲筒啊？杏榕心裏吐槽著。

跟俊雄約好時間地點，拎起提包正要走，鴻鈞叫住她。

「杏榕。」

她停下腳步，內心有些期待他會叫她不要去。

「恭喜妳。」他只說了這句話。

* * *

談完了公事，時間還早。因為杏榕的大學母校就在附近，俊雄提議到校園裏散散步。

入夜後，校園裏的路燈全部亮起，四處都是散步、遛狗、慢跑的人，幾乎比白天還熱鬧。

杏榕好久沒有回到母校了，校園變了不少，但是她熟悉的地點都還保留原貌，勾起無數的回憶。

以前也曾經像這樣，在夜裏跟家豪牽手漫步，享受著涼風，一邊比賽誰認識的植物最多，或者是躺在活動中心前的走廊上，仰頭試著把天上的星星連成星座，即便後來才發現根本就連錯了。

那時候，真的是無憂無慮，覺得世界上沒有一件事難得倒他們。

現在想起這些往事，她已經不再悲傷，只覺得很溫暖。

因為愛上家豪，她才能擁有這麼幸福的大學時光。

她真的好想告訴鴻鈞，她不需要家豪的改良版，因為家豪是獨一無二的。

而鴻鈞也是獨一無二的。

「前面有個涼亭，我們去坐一坐吧？」俊雄提議。

看到那個涼亭，又勾起杏榕的回憶。

那時，她跟家豪來到涼亭坐下吃點心，才發現涼亭裏已經有人了。是鴻鈞跟翠瑤。家豪一開始還很開心地跟兩人打招呼，杏榕卻注意到鴻鈞的笑容很勉強，而一直避免跟他們目光接觸的翠瑤，兩隻眼睛都哭腫了。

她急忙編個藉口把家豪拉走，心臟噗通亂跳，活像看到了什麼不該看的東西。

還記得那時候她非常訝異，因為她一直以為羅鴻鈞是全世界唯一不會讓女孩哭的男人。她還對自己說，搞不好翠瑤是為了別的事在哭，鴻鈞只是在安慰她而已。

現在回頭想想，八成是鴻鈞對哪個女生太親切，把翠瑤氣哭了吧。

她輕歎一聲，被俊雄聽見了。

「怎麼，又想到為家豪傷心的往事嗎？抱歉，不該建議來這裏。」

杏榕搖頭，「不是家豪，是鴻鈞。」

「羅鴻鈞？對了，聽說他以前在學校跟妳處得很不好。」

「也沒有很不好啦。」杏榕很尷尬，「總之就是他誤解我，我也誤解他，所以一直不太來往。現在我們已經是好朋友了，沒事了。」

「他誤解妳？不會吧？在我印象中，他對妳總是讚不絕口啊。」

「咦？真的嗎？」

「真的。當初他來找我，說想投資妳開拼布教室，我還不太贊成。先招認，我以前對拼布有一點偏見。店裏明明有賣的東西偏要自己動手做，乍看之下很勤儉，其實根本沒有比較省錢，只是有錢有閒的貴婦打發時間的消遣，感覺很做作。」

「這樣講很過分耶！」

「所以我說是偏見啊。然後羅先生就說：『那是你沒見過張杏榕的手藝。她做出來的東西會讓你覺得活著真好』。」

「他真的這麼說我？」杏榕臉上發燙。

「我被他說動了，就答應幫忙演戲騙妳——抱歉啊。可是從那時起我就覺得這人真是古怪。明明就是他自己想投資妳，偏要把家豪跟他父母扯進去，未免太小家子氣了。」

「如果他一開始就用自己的名義投資我，我一定不會接受啊。因為……」

「因為你們以前『不太來往』，我知道。」他接下去說：「可是既然是誤會，他為什麼不想辦法把誤會解開，而要放任誤會持續下去呢？」

「因為他不知道該怎麼開口。」

「『對不起』三個字，很難嗎？男子漢大丈夫，為什麼不能爽快一點？」

「鴻鈞有時確實不太能夠坦然面對自己的錯誤，但這也不是什麼大缺陷吧？」

「是嗎？那麼我想問另一件事：他對妳到底是什麼感覺？」

杏榕覺得自己的臉快要炸開，「我怎麼知道！」

「當他說要投資妳的時候，我立刻知道他愛上了妳。但是當我跟妳走太近的時候，他卻完全沒有採取行動，這到底算什麼？」

「他幹嘛要行動？你又沒有在追我！」

杏榕面紅耳赤地反駁，卻被他的下一句話嚇得夠嗆。

「如果我有呢？」

「什……」

俊雄拿出手機，「如果我打電話給他，說我打算說服妳晚上去住飯店，他會衝過來嗎？」

杏榕咬住下唇。一定不會。

「剛才我還特地約他一起來聚餐，想給他一個公平的機會，他居然不領情。像這樣不戰而降，未免太難看了。」

「你那麼想跟他打架啊？」

「話不是這樣說。我放棄學吉他，一來是因為天份不如家豪，二來也是因為我並不是真的那麼有興趣。如果是我真正感興趣的東西，我一定不會輕易放棄。所以像羅鴻鈞這樣的人，我沒辦法尊敬他。他是個好朋友，但是要當情人實在不適合。講得難聽點，那種個性就只能當個路人甲而已。所以，如果妳有意跟他交往的話，還是再考慮一下比較好。」

杏榕沉默了。她很不喜歡聽俊雄批評鴻鈞，偏偏他說的都有理。

鴻鈞確實為她付出很多，做了很多事，但是如果他不表明自己的心意，他們之間什麼也不會開始。

但是，她自己又做了什麼呢？

她先是搞砸了慶祝會，然後只會傻傻地等鴻鈞告白，整天患得患失把自己逼瘋，不是比鴻鈞更難看嗎？

況且她原本打算等忙完俊雄的訂單，就要好好處理跟鴻鈞的關係，結果居然忘了？

也許鴻鈞只是沒有勇氣表白，也許他根本不喜歡她；但是她對他的感情是千真萬確的，怎麼可以為了俊雄的幾句話就動搖？

俊雄看她一直不說話，「怎麼，妳不高興了嗎？如果是這樣，我道歉，但我說的是真心話。」

「王先生……」

「哇，俊雄變成『王先生』了。看來妳真的很火大哦。」

杏榕沒有被他干擾，「王先生，我知道你是個很有自信，做事很積極的人。但是恕我直說，那是因為你的成長環境讓你有積極的本錢。」

「請等一下……」

「你要說我有偏見也行，但是並不是每個人都像你一樣，有那個能力去追求自己想要的東西。大部分的人，像我，都是緊張兮兮，害怕別人討厭自己，害怕被拒絕，不敢說出真心話，每天過著窩囊的日子。有些人可能會就此困在自己的框框裏，永遠不敢跨出去。但鴻鈞不是這樣。」

她揮手指向身邊的校園，「以前在學校的時候，鴻鈞完全不跟我說話，甚至一看到我就走掉。現在如果你真的打給他說要帶我去飯店，他一定會追問我是不是真的願意，有沒有被強迫，你不覺得他已經跨出很大的一步了嗎？」

「這樣妳就滿足了？」

「在這中間，經過很長的時間，發生很多事。我一點點地改變，他也一點點改變，從原本老死不相往來，變成現在的最佳搭檔。你看到的只是單一事件，但對我而言，整個過程都非常珍貴。所以鴻鈞對我而言不是路人甲，是無可取代的人。」

她深吸一口氣，「你不用擔心，我並沒有生氣，反而很感謝你，提醒了我很重要的事：我應該要行動了。」

不管鴻鈞到底在想什麼，她必須對自己的心意負責。

當她按下鴻鈞家的電鈴時，已經是晚上十點半了。

他錯愕地開了門，「妳怎麼來了？王俊雄對妳做了什麼事嗎？」

「沒有，他對我很客氣。我有事要問你。」

「妳問吧……」

「你說過，家豪已經死了，沒有權利再困著我，是真心話嗎？」

「是啊。」

「所以我要跟誰在一起都是我的權利，對吧？」

「那當然啦，都什麼年代了？」他苦笑，「所以妳跟王俊雄……」

杏榕打斷他的話，「我不會跑走的。」

「咦？」鴻鈞一頭霧水。

「我不會跑到你追不到的地方的。所以，請你陪在我身邊。」彷彿怕他聽不懂似地，她又補充說明，「我是說，我想跟你在一起。我不是說一起經營『光之翼』的那種在一起，是說在一起的那種在一起……」

鴻鈞的表情真的就像被雷劈中一樣，完全動彈不得，沒有任何反應。

杏榕手腳發軟，腦袋也亂成一團。雖然已經下了決心，主動向男人告白實在不合她個性，所以她完全無法思考，想到什麼說什麼。

「剛剛跟俊雄聊天以後，我發現你真的缺點很多。愛鑽牛角尖，又太心軟不懂得拒絕別人，結果一直被利用。你對別人那麼客氣，對我卻完全不一樣，動不動講話損我。我討厭暴力，但我實在很想朝你頭上巴下去，只是如果巴下去不但沒把你打醒，反而傷到我的手搞到不能做拼布反而更糟糕……」

「妳是來找人吵架的嗎？」

「不是啦！我的意思是，意思是……」她努力思索著該講的話，「也許有人會認為你不是個完美的對象，但我不需要完美的對象，我只需要你。」

鴻鈞張嘴又閉上，胸口急速起伏著，杏榕真怕他心臟爆開，或是腦袋爆開。

「杏榕，我……」

「沒關係沒關係，你不用急著回答我。我知道你不擅長拒絕別人，如果你只是不想傷感情才接受我，我會更頭大。總之你先考慮考慮，不用怕我難過。林家豪給我半夜蒸發我都活下來了，還有什麼事承受不了？不管你的回答是什麼，我們永遠是合夥人最佳拍檔，永遠不會變。就算你以後跟別人結婚我也……」

話還沒說完，被他緊緊抱住。

「妳知道嗎？我只要想到王俊雄那麼像家豪，又比我更有能力照顧妳，就難過得要命。剛剛一直在想，要是失去妳該怎麼辦；不管怎麼想都覺得我絕對沒辦法忍受，然後妳就來了。既然來了我就不會再放妳走了。」

杏榕貼在他胸前，被他激烈的心跳包圍著，覺得好像飄到另一個宇宙，沒有煩惱也沒有痛苦，有如白鳥一樣展翅盡情飛翔。

「我愛妳。」

* * *

好久沒有嘗到熱戀的感覺了。

日常生活忽然有了重心，添上亮麗的色彩和溫度。無比的安穩，安全，卻又充滿興奮刺激，再也不是枯燥乏味，有如籠中白鼠團團轉的例行公事。讓人每天急著快快起床，迎向這個世界。

白天迫不及待地盯著時鐘，恨不得工作一結束就馬上飛奔到對方身邊，當然也不再接受額外的加班工作，將空閒時間全部留給對方。

會合之後，兩人的手機就關機，隔絕外界的干擾。

他們有時會開著車在城市裏四處遊盪，想去哪就去哪。有時哪裏也不去，依偎在沙發上，整晚不說話。

當杏榕忙著做拼布的時候，鴻鈞就會坐在旁邊，靜靜地看著她。剛開始杏榕覺得不太自在，等習慣了以後，又覺得他深邃的目光，彷彿也成了她靈感的一部分。

這種時候，杏榕就會有種錯覺，宛如整個世界都靜止，時間也停止了，光是鴻鈞身上的溫度就是永恒。

她已經不是天真的初戀少女，很清楚蜜月期是會過去的。當年跟家豪愛得昏天黑地，最後還不是衝突一堆。即使如此，她還是一想到鴻鈞就心跳加快，胸口瞬間漲滿。

既然無法預知最後的發展，她決定好好享受此刻，隨時懷抱著美好的希望。畢竟鴻鈞不是家豪，他懂得珍惜。

她對鴻鈞只有一點小小的不滿：他不讓她看大木箱裏的東西。

不管她怎麼拜託，他總是說裏面的東西會破壞他的形象。杏榕不想太逼他，只好放棄。

有時候，她會發現鴻鈞看著她的眼中充滿焦慮，問他原因也不回答，只是微笑著搖頭，伸手緊抱她。

也許他也跟她一樣，害怕美好的時光忽然消失吧。

雖然戀人總是活在只屬於兩人的宇宙裏，外面的世界仍會一點點地滲透進來。

鴻鈞忽然要去出差一星期，銀行打算部門改組，將來可能會要他負責新部門，所以他的工作量瞬間爆增。

杏榕並不在意一週的分別，她擔心的是將來。鴻鈞受到重用當然是好事，但是他會不會從此又被工作纏身，每天直到半夜才見得到人？

她小心地問他，「如果把調職的機會讓給別人，你自己留在原單位，會有什麼不好的後果嗎？」

「乍看之下是不會，但是主管會認定我不願意配合政策，以後再有升職機會就不會再交給我了。」

「你那麼想升官嗎？」

看到他的表情，她搖頭，「當我沒說。」

真是傻話，哪個正值壯年的男人不想升官？之前因為柯以琳事件，還以為他從此升職無望，現在機會來了當然要把握。

只是以她的立場，還是寧願他一輩子當個小主管，多一點時間陪她。

她自己也知道這種心態很自私，但是當初家豪也是這樣。加入唱片公司、錄音、發片，然後就是沒完沒了的宣傳行程，爆紅之後又有參加不完的活動，見面的機會越來越少，家豪的心也離她越來越遠。

杏榕決定不要被過去干擾，開開心心地送鴻鈞出門，一面祈禱他們的愛情也能像鴻鈞的事業一樣，越來越順利。

在鴻鈞回來的前一天，她去醫院探望一位剛生完小孩的親戚。正要離開醫院的時候，一件非常眼熟的洋裝映入眼底。

活像把整個調色盤穿在身上的色調，閃閃發光的腰帶和各式配件，加上穿衣服的人臉上那彷彿永遠化不掉的寒霜。居然是翠瑤。

翠瑤很快地認出她，「學姐。」

杏榕緊張地向她微笑。

「嗨，妳不是回日本了嗎？」

「嗯，有點事，所以又回來了。」

杏榕非常尷尬，很想草草道別就溜走。轉念一想，不管再尷尬，她都應該親口告訴翠瑤自己跟鴻鈞交往的事，所以鼓起勇氣約她喝咖啡。

「所以這次妳會在臺灣待多久？」

「我再也不回去了。」

「哦。」

杏榕不知該怎麼接下去，反而是翠瑤開口了。

「上次的事，謝謝妳這麼幫忙。不過應該是害你跟鴻鈞吵架了吧？真抱歉。」

「那是小事啦。但是我覺得，那天妳一口咬定鴻鈞從來沒有愛過妳，結論好像下太快了點。」

「一點也不快。我從跟他交往的第一天開始就一直懷疑這件事，拖了這麼多年才證實，已經太慢了。希望他的下個女朋友腦筋清醒一點，不要再浪費這麼多年。」

杏榕心中一震，顧不得修飾言語。「我現在跟鴻鈞在一起。」

翠瑤瞪大眼睛，原本氣色就不太好，現在變得更差。然後她笑了出來。

「那真是恭喜啊。請問學姐，鴻鈞是怎麼向妳告白的呢？」

「是我先告白的。」

「哎呀，這可就……」翠瑤目光不善地輕笑兩聲，「總之謝謝妳的咖啡，我想以後不會再見了。」

杏榕追出去拉住她。

「妳剛剛到底要說什麼？是我先告白的又怎麼樣？」

「你們應該還在蜜月期吧？我不想煞風景。」

「鴻鈞除了不肯見妳以外，還做了什麼對不起妳的事嗎？為什麼妳這麼不滿？我相信他當年是愛妳的！」

翠瑤一副聽到大笑話的表情。

「妳相信？妳相信？」她放聲大笑，甚至笑到直不起身來。

「別笑了啦！我們先回座位吧？」四周的目光讓杏榕渾身不舒服。拉著翠瑤坐下，翠瑤止住笑聲，沉著臉盯著桌面，半天不開口。杏榕緊張兮兮地看著她，生怕她又發飆。

翠瑤歎了口氣，總算願意好好說話了。

「大一入學的時候，班上女同學幾乎全都迷上了家豪學長，至少十個有六個是這樣吧。大家整天湊在一起說家豪學長多帥多迷人，但我眼裏只有鴻鈞。我一見到他就被吸引了，覺得他好溫暖，讓人好安心。每個人都認為他只是家豪學長身邊不起眼又很好用的工具人跟班，只有我一直看著他。」

杏榕覺得臉微微發燙，想必在翠瑤眼裏，她也是為家豪瘋狂的膚淺花痴女之一吧？

「聖誕節前夕，我開口向他告白，他答應了，我真的好高興。我問他，會不會覺得我這樣主動表白很不含蓄，他說：『女孩子主動很好啊！』後來我才知道，他之所以接受我，就是因為我主動表白讓他撿到現成女朋友，不用再花力氣去被人拒絕的關係。簡單的說，就是我很方便。」

這樣說鴻鈞未免過分了點，杏榕無法接受。

「妳為什麼這麼想？他對妳不好嗎？」

翠瑤帶著自虐的微笑，「哦，他對我可體貼了。妳又不是不認識羅鴻鈞，他對誰都很體貼。每天不管我在外面待多晚，他都堅持要載我回宿舍，如果我拒絕他還會不高興。但是到了宿舍之後，正常情侶應該會站在宿舍門口依依不捨，情話綿綿幾句吧？他總是丟下一句『好好休息吧，晚安』，就頭也不回地騎走了。」

「這只是不夠浪漫而已吧？他那時畢竟還年輕……」

「不只是這樣，就算我不在身邊，他也完全不在乎。我陪家人出國，幾天沒跟他聯絡，好不容易找到機會打電話給他，他卻隨便講個兩句就掛電話了。還有更誇張的，有一陣子我常收到匿名送花，以為是他在搞浪漫，最後才發現是別的男生在追我。我把這事告訴他想看他的反應，他卻說『我尊重妳的選擇』！簡直是開玩笑！那次我們還在涼亭裏碰到妳跟家豪學長，不知道妳記不記得？」

「記得。」

「我哭得半死，他卻不懂我為什麼哭，還問我『難道妳希望我為了妳去跟人家打得頭破血流嗎？』誰要他去打架？就說一句『我比他更愛妳，請妳不要離開我』有那麼難嗎？」

「我想他應該沒有惡意。」杏榕不得不承認鴻鈞這回確實沒處理好。

「他當然沒惡意，羅鴻鈞的字典裏向來沒有『惡意』這兩字的。我為那件事跟他冷戰了一陣子，所以他也開始天天送花，直到我原諒他為止。不過我敢說他絕對還是不知道我在氣什麼，只是想快點解決麻煩事，快點回復正常而已。」

「這只是妳的猜測吧？他一定只是希望讓妳開心啊。而且他向妳求婚，不是就等於要求妳永遠不要離開他嗎？」

「學姐，是我向他求婚。我跟他說，父母希望我畢業以後去日本留學，問他要不要跟我去，他說『好啊』。我又說，既然要一起出國，是不是應該要結婚比較好？他說『好啊，就這麼辦吧。』」

不會吧？羅鴻鈞這傢伙……

杏榕仍然努力幫他開脫，「他應該只是比較務實吧？」

「我本來也是這麼想，況且光聽到他答應，我就覺得很幸福了。就像妳說的，如果他不在乎我，怎麼會願意娶我？所以之前的種種缺點，我都可以不計較。沒想到他爸爸一生病，一切都完了。」

她低頭以手托頰，努力忍住眼淚。

「我並沒有非要去日本留學不可，也沒有要求他為了我拋下父親不管，為了跟他共度一生，我也可以放棄留學，但他一口拒絕，說他不想耽誤我的前途。我說既然都要結婚了，他爸爸就是我爸爸，我留下來照顧他也沒什麼，他說我父母不會答應，我說我會為了他向爸媽爭取，他說這樣他會很愧疚。妳懂嗎？他最怕的就是當壞人。為了維持好人的形象，就算把我的心放在地上踐踏也在所不惜。我們談了又談，就是沒有共識。最後他給我一句『我求妳不要再為難我了』。原來我留在他身邊是在為難他，真是領教了。」

「也許是妳爸媽跟他說了什麼話……」

「才沒有哩！他們只是覺得放棄留學很可惜，要我們先訂婚，等我拿到學位再回來跟他結婚，反而是鴻鈞堅持要分手。」

「妳出國要好幾年，這中間變數本來就很大，他只是想乾脆一點……」這話杏榕只說了一半就吞回去。當初她聽到鴻鈞這樣說的時候，就覺得這不是好理由。

「如果他對我有一點了解，就該知道我一定會回來嫁給他，他卻不肯等。他一直都是這樣，完全不肯為我們的感情多努力一點，他不願意向我父母爭取讓我留在台灣，也不相信我會回來，只會選擇最簡單最『乾脆』的方法：直接放棄。」

杏榕沉默了。沒錯，如果彼此都是真心相愛，先訂婚又有什麼不好？就算沒有儀式，口頭承諾也行。鴻鈞這種態度，等於打了翠瑤一個耳光。

翠瑤拭去臉頰上的淚痕，「跟他在一起，剛開始的時候感覺很溫暖，最後卻……越來越心冷。」

杏榕無言以對。她不是第一次聽到別人這樣形容鴻鈞了。

翠瑤繼續說：「即使是在我們處得最好的時候，他心裏也總是有些事情不肯讓我知道，老是神祕兮兮的。妳知道他有個大木箱吧？」

「知道。」

「他有讓妳看那個箱子裏面的東西嗎？」

「當然沒有。」

「我想也是。他不但不准我開，連摸都不能摸。問他裏面是什麼東西，他居然跟我說是屍體！」

還真是萬年不變的老梗答案啊。杏榕感到脫力。

「人總有祕密嘛，妳也不要太苛責他。」

「我從來沒有查過他的手機，他的郵件，更沒有偷看過他的日記，他有必要防我像防賊一樣嗎？而且他看得那麼緊，不是讓我更在意嗎？」

「在意什麼？妳怕他把小三藏在箱子裏嗎？」

翠瑤望著她的酒杯。

「我並不認為他劈腿，完全沒那種跡象。但是我一直在懷疑，他心裏其實愛著另一個人，只是因為某種原因，讓他不能跟那個人在一起。剛好我這個傻瓜向他表白，他就將就著拿我來填補空缺了。」

杏榕心裏一緊，「妳認為他愛的是誰？」

「不知道，我只是有這種感覺，沒辦法證實。也許那是別人的女朋友，或是條件太好他高攀不上，所以他乾脆連追都不追……」

如果瀾伊在這裏，一定會認定鴻鈞愛的是家豪吧？杏榕無奈地想。

「這只是妳的假設，又沒有證據。」

「當然不可能有證據，又不能把他的心挖出來看看裏面裝的是誰。我只知道我是個備胎，沒有人會為備胎奮鬥，走了就走了。那天他來送我，雖然一臉依依不捨，其實心裏一定鬆了口氣吧？想到這裏我就……好恨！」

聽到她咬牙切齒講出這幾個字，杏榕的心都涼了。這麼深的積怨，該怎麼解才好？

她一直認為翠瑤誤會鴻鈞，但如果翠瑤是對的呢？

翠瑤跟鴻鈞相處的時間比她多太多了，一定也比她更了解鴻鈞。

鴻鈞之前就是用「反正只要有女人要我就行了」的心態答應跟柯以琳交往，難道他對翠瑤也是這樣嗎？

就算他沒有劈腿，人在翠瑤身邊，心裏卻想著別人，這樣對翠瑤還是很殘忍。

鴻鈞也說了，面對翠瑤，他除了「對不起」就無話可說，如果真的是一心為翠瑤著想，又何必這麼愧疚？難道他是為了不愛翠瑤而愧疚嗎？

翠瑤譏諷地一笑，「怎麼樣？很煞風景吧？反正只是被拋棄的前女友在發牢騷而已，學姐妳就不用在意了。放心，既然他是代替家豪學長照顧妳，一定會對妳很好的。」

這話杏榕可聽不下去了。

「我說過，是我主動追他的，跟家豪沒有關係！」

翠瑤眉頭一挑，「那更好，主動的女人碰上來者不拒的男人，真是絕配。」

杏榕氣得滿臉通紅，「妳再怎麼人身攻擊，也只是丟妳自己的臉而已。」

「我就知道，跟妳說這些只是白費力氣。總之，等妳跟他在一起N年，他還是死守著他的寶貝箱子，不准妳越雷池一步，到時可別怪我沒警告妳。」

杏榕心情沉重地回到家，不斷提醒自己不可以被翠瑤的一面之詞動搖。以她的立場，本來就不可能說出什麼好話來。

手機收到鴻鈞的簡訊，「提早回來，晚上去找妳。」

杏榕的心情好多了。沒錯，不可以聽一面之詞，鴻鈞也有說話的權利。如果有什麼疑慮，她應該直接問他，而不是自己躲著煩惱。

她不是翠瑤，她跟鴻鈞的故事絕對不會跟翠瑤一樣的。

＊　＊　＊

鴻鈞帶回一個醜陋的陶偶，說是客戶送的，但是實在很難看。他鄭重地把陶偶放在裝飾架上。

杏榕說：「這麼醜的東西你還要擺出來？」

「我是個知足常樂的人。只要是別人送的東西，不管好壞我都會心懷感激地收下來，好好保存。」

杏榕只能白眼以對。

吃飯時，她小心地提到，「我今天碰到翠瑤，她說她不回日本了。」

「哦，那她還跟妳說了什麼？希望不是說我壞話。」

還不是普通的壞話哩。她心想。

「她說你根本不愛她，只是因為不敢去追真正喜歡的女生才跟她在一起。」

鴻鈞差點吐血，「如果我不愛她，當初會打算跟她結婚嗎？要不是我爸病倒，我早就去提親了。」

愛不等於結婚啊，羅襄寶貝。她心想。

「如果你愛她，為什麼那麼容易放棄？」

「說過很多遍了，我不想耽誤她的前途。」

「嗯哼。」這話完全說服不了她。

這聲「嗯哼」真的激怒了鴻鈞，他整張臉拉下來。

「我跟翠瑤在一起三年多，對她有求必應，每次生日、節日、紀念日我都記得，我還把她介紹給家人朋友，告訴他們這就是我要娶的女孩。我實在搞不懂，為什麼她還是認為我不愛她？」

「因為外在的表現跟內心的感覺是兩回事。」

「有什麼差別？」

「有什麼差……」

杏榕目瞪口呆。原來他所謂的「愛」，就是記得紀念日，跟把女方介紹給家人嗎？那他當初對她說的「我愛妳」又算什麼呢？

她耐著性子說明，「這世界上有這麼多人，當你喜歡一個人，對方也正好喜歡你的機率有多低，你知道嗎？」

「怎麼會？家豪只要一招手，馬上一堆女生貼上去，機率怎麼會低呢？」

杏榕的臉僵住了。為什麼他非要在這時候扯上家豪不可呢？

鴻鈞也知道自己錯了。「抱歉，不該提到家豪。」

杏榕盡量心平氣和地說：「我的意思是，兩個人真心相愛的感覺是非常寶貴的。當初翠瑤向你表白的時候，一定希望你是真心喜歡她才接受她，而不是其他的理由，否則對她是很不公平的。」

「姑且不論何謂『其他理由』，對她不公平是什麼意思？難道我應該拒絕她，讓她哭上三天嗎？」

「長痛不如短痛。」

鴻鈞不以為然，「那是妳現在聽到翠瑤抱怨，才會有這種想法。如果回到當時呢？妳怎麼知道她心裏不是在想，只要我答應跟她交往，不管是什麼理由她都可以接受？就算最後的結果不合她的意，這也不該怪我。」

杏榕的心口揪緊了。「你的意思是，因為她誠實向你表白她的感情，所以必須自己接受懲罰嗎？」

「講到哪裏去了……妳又何必這麼在意我愛不愛她？都這麼久的事了。如果我說我真的愛翠瑤，妳不會不高興嗎？重要的是，我現在愛的是妳啊。」

杏榕低著頭，輕聲說：「我還想問你一件事。那天晚上，如果來你家向你告白的人不是我，是別的女人，你也會接受嗎？」

鴻鈞放下碗筷，雙肘撐在桌上，身體前傾，一言不發地瞪著她。

杏榕看他真的動氣，只好苦笑。

「不好意思，我不該聽了翠瑤的話就懷疑你。今晚我還是先回家好了。」

她起身收拾東西，鴻鈞歎了口氣，快步來到她身後，伸手環抱住她。

「是我不好，不該發脾氣。在翠瑤心裏我是個不及格的男朋友，我也很慚愧。我會努力不要對妳犯一樣的錯，好嗎？」

杏榕依偎在他懷中，對他微笑著。

是啊，因為有過去的錯誤教訓，人才會成長。一直計較以前的事情，實在太沒價值了。只是，她心裏還是有個小小的聲音在呢喃著。

家豪是個得天獨厚的人，他要的女人沒有得不到的。鴻鈞沒有這種好運，所以他要求不高，只要有女人喜歡他，無論對方是誰，他都會心懷感激地接受。因為他是個來者不拒，不，知足常樂的人。

對他而言，幸福來自於知足，有什麼拿什麼。只是這樣而已。

杏榕下定決心照常生活，絕對不讓那番小爭執影響她跟鴻鈞的感情。可惜有些事不是她能掌控的。

＊　＊　＊

這天快下班的時候，鴻鈞打電話來說他的會議延長，晚上不能準時去找她，要她自己先吃晚餐，等他結束後再打給她。

杏榕有些無奈，就跟她預料的一樣，鴻鈞的工作開始占去他們的相處時間了。轉念一想，她可以直接去銀行等他下班，給他一個驚喜。

到了銀行，一個年輕的辦事員卻告訴她，「羅襄一下班就走了。」

走了？他不是在開會？為什麼要騙她？

另一個辦事員知道她是鴻鈞女朋友，生怕惹出事端，連忙更正，「不是啦，他是去別的地方開會，不在分行裏。」

「哦，這樣啊。」

然而杏榕知道這話不對。鴻鈞是在下班前告訴她會議延遲，並不是下班後才出發去開會。

打他的手機也沒接，可能是在會議中不能開機，但也可能……

她命令自己不准亂想，回到家中眼巴巴地等著他的電話。

鴻鈞整晚都沒有打來。

由於他手機一直沒開機，杏榕打去分行找他，得到的回答是「羅襄請假」。

杏榕強忍內心的煎熬，撐過一天的課程，然後衝回鴻鈞家，坐在客廳裏等他。

直到深夜，鴻鈞才回到家。打開門看到杏榕面無表情坐在沙發上，他疲倦地歎了口氣。

「妳吃過飯了嗎？」

沒有回答。

「妳先等我一下，有話等我洗完澡再說。」

杏榕冷眼看著他走進房間，忽然有種衝動，把他的寶貝木箱偷偷埋到深山裏，也許他會稍稍體會一下她這兩天的痛苦。

鴻鈞洗完澡，頭髮還濕淋淋的，就在她面前坐下。她此時才發現他嘴角有一塊淤青。

「你的嘴角怎麼了？」

他深吸一口氣，「翠瑤病了，是胃癌。」

杏榕大驚失色。

原來如此，怪不得翠瑤會去醫院，而且不再回日本。怪不得她氣色那麼差……

「對不起我騙了妳。我昨天不是去開會，是去見她。她打電話約我，我想說再推拖也不是辦法，就答應了。見了面我就開始念她，叫她不要跟妳胡說八道。結果她忽然抱緊肚子倒在地上，在救護車上還吐血，把我嚇得半死。」

杏榕也嚇壞了，「那她現在怎麼樣？」

「在加護病房裏待了一個晚上，現在已經醒了，但是出血還沒完全止住。她家人趕過來以後，聽到是我害她吐血，她弟就揮了我一拳。」

天哪……杏榕撝著嘴。情況真是太糟了。

「我一直待在醫院，等她轉進普通病房才離開。明天還要再去看她。」

「我也一起去！」

* * *

第二天，她拜託瀾伊通知學生們緊急停課，跟鴻鈞一起去醫院。

翠瑤躺在病床上，短短幾天沒見，她整個人似乎縮小了一圈，微瞇著眼睛，不知是睡是醒，彷彿一尊脆弱的陶土像。

因為胃太痛不能進食，她只能靠打點滴補充營養，手臂上的一堆針頭實在是怵目驚心。

鴻鈞和杏榕像兩個酒醉肇事的犯人，低著頭一臉愧疚地向翠瑤的老母和弟弟致意。兩人都板著臉，愛理不理。

他們想說再久留也沒有意義，正準備要離開的時候，床上的翠瑤出聲了。聲音很微弱，但大家都聽得很清楚。

「鴻鈞……」

鴻鈞上前，輕輕握住她抬起的手。「我在這。」

翠瑤虛弱的手指收緊，握著他的手，臉上露出微笑。「鴻鈞……」

杏榕默默地看著這一幕，感到體內的醋味越來越濃。當她看到鴻鈞朝著翠瑤微笑的時候，更感到胃裏有東西在燒灼。

不行，不可以跟個病人計較，要冷靜。

鴻鈞回頭對杏榕說：「妳先回去吧，我再陪翠瑤一會兒。」

「我也要留下來。」

翠瑤的弟弟搖頭，「太擠了。」

這是四人病房，每個病人的私人空間有限。病床旁邊擠著兩個家屬加上兩個訪客，連走動都很困難。

杏榕很想堅持跟鴻鈞一起離開，他可是她的男朋友，怎麼可以守在別的女人的病床旁邊？但是面對著病床上奄奄一息的翠瑤，還有病人家屬那兩雙灼灼的眼睛，她該怎麼宣示自己的主權呢？

垂頭喪氣地走出病房，她還不斷回頭，盼望鴻鈞出來追她。

他沒有。

＊　＊　＊

再次見到鴻鈞，是那天傍晚的事。

杏榕魂不守舍地教完最後一節課，等學生走完後，鴻鈞走進「光之翼」。杏榕看到他，心中欣喜，但他的表情讓她更加不安。

「翠瑤還好吧？」

「還可以，血應該止住了。因為單人病房滿了我拜託醫院幫她換到雙人病房，住得舒服多了。不過她弟弟嫌費用太高，不太高興，所以我自願幫忙付。」

杏榕苦笑，這真是標準的羅氏作風。

「只要翠瑤舒服就好。」

「還有一件事。」鴻鈞覺得很難啟齒，「她接下來要住院一陣子，讓醫生評估她能不能動手術。但是她弟弟已經在醫院待了兩天，一定得回去上班了。她弟妹也要上班，她媽媽身體也不好，還要帶三個孫子，爸爸要開店，負擔很重。所以從明天開始，我會跟她的家人輪班照顧她。」

杏榕覺得胸口結凍了。

一個單身男子獨自待在病房裏，照顧多年未見的前女友，這成何體統？

「沒有別人可以照顧她嗎？」

看到鴻鈞苦笑，她知道自己又說了傻話。

「可是你自己也要上班，不能一直請假啊。現在正是你準備升職的重要時刻不是嗎？」

「我現在覺得，其實升職並沒有那麼重要。」

是哦，看到翠瑤就不希罕升職了？

杏榕忍著醋意，「這樣不好吧？她那麼恨你，搞不好看到你會更不舒服。」

「她現在沒有那麼恨我了。」

的確，看得出來。

「照顧她並不是你的責任。」

「是我害她吐血的。」

「你又不知道她生病。」

「有差嗎？」

杏榕實在拗不過他，轉念又想到另一個辦法。

「我也跟你一起輪班，這樣你就不用太常請假，況且同是女生，比較不會尷尬。」

「妳還要上課耶。」

「只不過一個禮拜停課一天，有什麼關係？」

「關係可大了，不是馬上就要漲房租了？現在再減少上課時數會倒大楣的。」

「總比你因為請假太多丟飯碗來得好吧？如果害她吐血是你的責任，那我也要跟你分擔一半責任。我是你女朋友耶，怎麼可以讓你一個人這麼辛苦……」

「杏榕，」鴻鈞溫柔地打斷她，「翠瑤想見到的人是我。」

杏榕氣堵咽喉，說不出話來。

「我常去陪她，讓她心情好一點，病情可以快點穩定下來，她才可以早點出院，這樣不是很好嗎？」

「等她出院以後呢？」杏榕反問：「一切就會恢復正常嗎？我們就會沒事嗎？」

鴻鈞一呆，露出不知所措的笑容，「這是什麼問題？難道妳以為我會因為去照顧她就跟她舊情復燃嗎？我是那種人嗎？」

「我只知道她想把你搶走。」

「拜託，她是病人耶！而且我是她的朋友……」

是啊，病人最大。誰說她一句不是，誰就是沒良心的冷血狂。

「如果是朋友，只要有空的時候買束花去探病就好了，不需要隨傳隨到。況且她對你還舊情難忘，這樣很難當朋友吧？」

「妳想太多了，我只是想盡可能幫忙。」

「你對柯以琳也是這樣。」

「可以不要再提柯以琳嗎？我惹過一次麻煩，就表示我這輩子沒救了嗎？」

他真的動怒了，然而看到她眼圈發紅，他歎了口氣，伸手握住她肩頭。

「杏榕，我不會被她搶走的。請妳相信我，好嗎？」

杏榕輕輕掙脫他，「你去吧，我不會阻止你。」

「杏榕……」

「去吧。等你想通了，我會在這裏等你。」

目送鴻鈞走遠，她忽然雙膝發軟，差點跪倒在地上。

同樣的事又要發生了嗎？她愛的人又要從一步步從她眼前消失了嗎？

第七章

接下來一個多禮拜，她幾乎沒有見到鴻鈞。

因為請假太多，他的工作量大量增加，每天都必須加班到三更半夜，連吃飯都沒時間，每天回家只能快速洗個澡，簡短打個電話向她道晚安就不省人事了。

去醫院的時候更扯了，照理到了晚上，翠瑤的家人會去跟鴻鈞換班，他就可以離開。但翠瑤總是要求他留到探病時間結束才放他走，回到家以後，他不是忙著準備第二天的工作，就是忙著查胃癌的資料，完全沒時間陪杏榕。

瀾伊勸杏榕搬去住他家，至少每晚可以在家裏等他。但是這樣一來就更證明她不相信鴻鈞，只會讓他壓力更大，杏榕否決了這個提議。

好不容易熬到休假日，她買了些營養品去醫院探望翠瑤，希望可以見到鴻鈞。

可惜病房裏只有翠瑤一個人。她正躺在床上，看著電視上播的連續劇。

「啊，學姐，真不巧，鴻鈞不在，去買午餐了。」她關掉電視，露出蒼白卻滿足的微笑，「我好不容易可以吃固體食物，但醫院的伙食我實在吃不慣，所以他都會跑去附近的店幫我買。」

「哦……那很好。妳氣色好多了。」

「是啊，因為病房不夠，醫生要我明天先出院，調養一下身體再動手術。」

杏榕很高興，「那太好了。」

只要她出院，鴻鈞就可以解脫了。

「嗯，真是謝謝鴻鈞，有他的照顧我才能恢復得這麼快。他還答應我，在我休養的時候他會天天來看我，還會陪我度過手術跟復健哦。」

杏榕覺得胸口發涼：還要陪她這麼久？

翠瑤甜甜笑著，「這麼久沒見，我都忘記鴻鈞有多體貼了。他真的好細心，會想到很多細節，讓人感覺好溫暖。好像回到大學時代呢。」

妳是指那個他把妳當備胎的大學時代嗎？杏榕差點衝口而出。

「不好意思，他最近工作很重，可能沒辦法真的陪妳那麼久。」

「我相信只要我要求，他再辛苦都會努力辦到的。他向來是這樣。」

杏榕的怒氣在胸中沸騰，但她還是保持禮貌。

「翠瑤，我知道妳現在很脆弱，需要別人的支持。但鴻鈞是真的很擔心妳的病情，如果妳反而利用自己的病來控制他，那就太對不起他了。」

翠瑤聳肩，「學姐，我已經快要三十歲了，沒有工作，沒有錢，沒有男朋友，現在家裏是我弟弟跟弟妹作主，我連住在自己家裏都活像個外人，又得了這種要命的病，天底下不會有人比我更倒楣了。所以我當然要物盡其用，有什麼好處盡量拿，是不是？」

杏榕氣得快炸開，但她總不能對著病人大吼大叫。

「妳明知道他不愛妳，這樣做又有什麼意義？」

「當然有意義。我一直很納悶一件事：當初他因為父親生病而放棄了我，如果我也生病，他會怎麼選擇？現在我終於有機會知道答案了。妳說呢，學姐？他會選誰？」

「午餐買來了……呃……杏榕？」

鴻鈞剛拎著午餐走進病房，杏榕劈手奪走他手中的塑膠袋往桌上一放，伸手把他拖了出去。

「杏榕，妳等一下，不要這麼激動……」

杏榕把他拉到無人的陽台花園，回頭問他：「你到底還要陪她多久？直到她病好為止？」

鴻鈞臉上的痛苦和猶豫已經給了她答案。

「她……她的狀況不太好，手術可能會很危險，需要細心照顧，所以……」

「你知道那要多久？要她完全康復可能要好幾年耶！我……就算我小心眼小氣冷血無情好了，我沒辦法忍耐那麼久！」

鴻鈞低聲說：「我知道。我也沒有權利要求妳忍耐那麼久。」

杏榕頓時無法呼吸，「什麼意思？」

「我本來打算等她出院就跟妳談的。我接下來會花很多時間精力在翠瑤身上，不能浪費妳的時間。」

「你是說……要分手？你明明說絕對不會被她搶走，現在居然要跟我分手？你講話都不算話的嗎？」

「小聲點，這裏是醫院！」

鴻鈞伸手想安撫她，卻被她一掌揮開。

「杏榕，我知道這樣很對不起妳，但是我不能丟下翠瑤不管，她真的很需要我。」

翠瑤果然很了解他。這人真是怕當壞人怕到瘋了！

「那我沒生病，就表示我不需要你嗎？你還真的是看誰可憐就選誰耶！你是把談戀愛當成慈善事業嗎？所以我現在是不是該跪下來求你？還是要我鬧自殺搞自殘你才會可憐我？」

發熱的腦袋裏有個冷冷的聲音在說：很好，妳終於變成打翻醋桶的潑婦了，連柯以琳都比妳冷靜！

鴻鈞大口吸氣，彷彿自己的理智快要燒乾了。

「如果因為我沒顧好翠瑤，讓她發生不幸，我一輩子都會自責，我們也不會幸福的。妳……妳還有很多機會，可以找到更好的人……」

「我說過我不需要更好的人！我的天啊，李翠瑤真的把你看透了，你是那種不敢追求自己的幸福，有人上門就來者不拒，等受不了了就找個好聽藉口把人家甩掉的人。羅鴻鈞，你可以更沒出息一點啊！」

「那妳呢？妳還不是因為家豪死了太寂寞，才跑來跟我湊一對？因為除了我沒有人可以容忍妳一直想他了！」

杏榕簡直不敢相信，他居然這樣說？

她眼中幾乎要噴火，使盡全身力量狠狠打他，然而最痛的是她自己的手，跟心。

「你再說一次。有種再說一次啊！說啊！」

鴻鈞起初只是站著任她搥打，最後一伸手，緊緊抱住她。

「杏榕，對不起，對不起，對不起……」

他不斷地說著對不起，杏榕感覺到他全身顫抖。他在哭。

她想要用力推開他給他一巴掌，卻沒有力氣，因為她自己臉上也全是眼淚。

最後他終於放開她。

「只有一件事請妳相信我：妳對我而言，永遠是跟翠瑤是不同的。」

杏榕很想瘋狂大笑。

「我怎麼可能相信你？你現在不就給我跟當初給翠瑤一樣的待遇嗎？哦不對，我還比她慘。你為了父母拋棄她，現在卻為了另一個女人拋棄我，還講得冠冕堂皇！」

她緩緩搖頭，一步步後退，只想離他遠一點。

「俊雄說的沒錯，你果然是個路人甲。一個永遠也上不了枱面的路人甲！」

＊　＊　＊

瀾伊安慰她，「其實沒有那麼嚴重啦。妳就有點耐心，暫時把男朋友借她嘛。反正我看那位病西施也撐不了幾年了。」

「瀾伊！」

杏榕有些驚恐：沒必要說成這樣吧？

瀾伊笑笑，「怎麼，太缺德了？妳不覺得就因為我是這麼惡毒的人，我造孽的機率反而比大善人羅公鴻鈞小很多嗎？」

杏榕沒有回答。本以為成熟又可靠的鴻鈞可以做她的精神支柱，結果他傷她比家豪還重。而且還是用他的善良，在她心口刻上一道道深不見底的傷痕。

正如柯以琳所說的，沒有比這最殘酷的傷害了。

這個世界真的太複雜，她已經有些錯亂了。

諷刺的是，當初就是因為鴻鈞在醫院照顧家豪，才讓他們重逢；現在又因為他去醫院照顧翠瑤而讓他們分開，這還真是有始有終啊！

瀾伊拍拍她，「好啦，現在不但學生增加，購物網站上也多了好幾筆訂單，妳就把失戀的痛苦跟怒氣化為圖案，把它們縫在布上吧。」

杏榕垂頭喪氣地說：「我……我現在沒有力氣做拼布。」

不要說做拼布，她連每天的課程都快撐不住了。

「拜託，租約馬上就要到期，接下來就要漲店租了，我們不趕快努力拼經濟怎麼行呢？再這樣下去，『光之翼』可會保不住啊。」

杏榕當然知道這點，但是『光之翼』是她跟鴻鈞一起創立的，現在鴻鈞離開了，她也不想再獨撐下去。

「張杏榕妳醒一醒，現在已經這麼倒楣了，總不能連工作也丟掉吧？難道妳真的要去跟那個女人比慘，把羅鴻鈞搶回來嗎？」

杏榕長歎一聲。是啊，現在她只剩下拼布了。

母親送給她的珍貴禮物，永遠不會背叛她。

這天下課後，兩人正要關門離開，快遞卻上門了，送來一個又重又大的紙箱。

打開紙箱，裏面是鴻鈞的寶貝木箱。

杏榕震驚得無法言語。他向來把這箱子守得滴水不漏，現在居然送給她？

瀾伊念出紙箱裏附的紙條，「『杏榕，裏面是我的真面目和真心，現在全部交給妳。我是什麼樣的人，只有妳有權利判斷。鴻鈞。』哇，看來裏面有好料的哦！」

木箱裏裝著堆積如山的ＤＶ帶，還有一盒記憶卡。顯然是經年累月儲存下來的影片，隨著科技演變，用來存影片的東西也不一樣了。

瀾伊嘖嘖兩聲，「好歹轉個檔嘛，過幾年ＤＶ帶就淘汰了！」

杏榕搖頭，「太多了，他沒那個時間。」

「會不會是性愛錄影帶？」

瀾伊非常興奮，杏榕連回答都懶。

滿箱的影帶，她不知該從何看起，最後看到一卷ＤＶ盒子上標的日期，差不多在他們大一入學前後，就決定是這卷了。

鏡頭裏只有鴻鈞一個人，背景是他在老家的房間。那時他高中剛畢業，一臉青澀，望著鏡頭微笑，看起來卻很像在哭。

「今天放榜了，我……沒有考上第一志願。書白讀了，籤也白求了。反正一直都是這樣，最想要的東西永遠得不到，我也習慣了。其實這個學校也不錯啦，而且還跟家豪同系，以後應該會很開心的。嗯，很好，恭喜我。」

他繼續對著鏡頭微笑，一臉看破想通的表情。

高中剛畢業，只有十八歲的年紀，到底能看破什麼呢？

接下來時間轉到開學日，仍然是鴻鈞對著鏡頭自言自語，地點應該是宿舍。他看起來有點奇怪，雙眼發亮，臉頰緋紅，嘴角一下子上揚一下又往下扯，完全不知道是在哭還是在笑。

杏榕有種感覺，他彷彿整個人飄在雲裏，連東西南北都分不清楚。

「今天開學，我們班上有個女生……不是說班上只有一個女生，是有很多女生，但這個比較不一樣。她……該怎麼說，也不是說多正多像名模，只是，總覺得好像有道光從她身體裏一直滿出來。也不會很刺眼，就是很舒服。她當然不是真的會發光啦，不然就變聖母瑪莉亞了。我是說，感覺就是這樣。」

瀾伊噗哧笑了出來，杏榕白她一眼。人家那時才大一，傻氣也是難免。

「她身上的衣服很特別，好像是手工的，穿在她身上感覺就是很配。不知道是不是她自己做的，她看起來就是手藝很好的樣子。她的名字也很好聽，叫做張杏榕。」

杏榕的心口瞬間揪緊。而畫面上的鴻鈞臉色忽然暗了下來。

「她上台自我介紹的時候，家豪那痞子就在台下虧她，害她都快哭出來了。可是我知道，家豪一定是看上她才會去鬧她，果然一下課他就跑去跟她勾勾纏。我真是敗給他誒！兩個禮拜前才失戀，現在就發花痴了，搞什麼鬼啊！可是我看張杏榕好像真的上鉤了。她一定會上鉤的。每個女孩都會。每個女孩都吃家豪那套，每個都是。」

他嘴唇顫抖，露出難看的苦笑。

「每次都這樣，我跟家豪喜歡上同一個女孩，每次家豪都會搶先，然後他們就會愛得轟轟烈烈，過不了多久就吵翻天又鬧分手，然後家豪又跑來找我哭我就得安慰他。而且就算他們分手我還是不能跟我喜歡的女生在一起，因為這樣會對不起家豪……我他×真的是夠了！夠了夠了夠了！」

他對著鏡頭抓狂大喊著，隨即緊張地四處張望，顯然很怕驚動寢室外面的人。然後他做了幾個深呼吸，把情緒壓下來。

「話說回來，我長得沒有家豪帥，身高沒有他高，也不像他那麼會講話又有才華，就算我先採取行動，女孩子也不會選擇我。這不是家豪的問題，沒有什麼好抱怨的。至於杏榕……」他疲倦地抹抹臉，「希望她不會跟家豪鬧得太兇，不然就太可憐了。家豪可憐，她也很可憐。」

杏榕眼睛刺痛。真正可憐的人是鴻鈞啊！

接下來的片段都很短，都是鴻鈞在記錄大學生活的一些新鮮事。他最常說的，無非是杏榕那天穿了什麼衣服，對他說了什麼話。杏榕自己完全不記得了。

影帶時間往後跳了一個多月，鏡頭上出現鴻鈞氣憤的臉。

「這林家豪到底在幹嘛？自己說他喜歡杏榕，又老愛跟別的女生糾纏不清。今天他居然就站在教室門口，跟隔壁班女生打情罵俏又推來推去，到底幾歲了，有夠幼稚！杏榕看到他那樣子都快哭出來了！搞屁啊？我現在就要去問清楚他到底什麼意思，如果他對杏榕不是真心的，那我也不客氣了。就算條件再差我也要去追杏榕，只要我有誠意，總有一天她會接受我的！」

畫面暫時切斷，再出現的時候，鴻鈞的表情已經平靜多了，臉上帶著苦澀的笑容。這笑容杏榕已經看得很習慣了。

「嗯，我剛剛跟家豪談過了。其實也不是談啦，都是家豪在自言自語。我去找他攤牌，他就坐在宿舍樓頂晒衣場，抱著吉他也不彈，一直抬頭看著星星發呆。我問他在幹嘛，他說他要作曲，作一首感覺很像杏榕的歌。他說：『你不覺得杏榕自己就很像一首歌嗎？我一看到她，就覺得腦子全是旋律，那個旋律好像可以把我抬起來，一路飛到天上。』白痴死了，講什麼夢話啊！還有他那個張著嘴巴發呆的表情，有夠蠢的……」

他低頭笑了一陣，然後笑聲漸漸變成輕歎。

「我沒話可說了，他對杏榕是真心的，而且比以前的戀愛更認真好幾倍。杏榕也喜歡他，這個我一看就知道。他們應該要在一起，我沒有權利介入他們兩個。就讓家豪自己處理吧，祝他們幸福。」

他嘴角顫動著，彷彿還想再說些什麼，終究還是伸手關掉了攝影機。

瀾伊看到杏榕淚流滿面，按下了暫停鍵。

「要不要先暫停一下？」

看到杏榕搖頭，她遞來兩張面紙，繼續播放。

接下來，她們看到怒不可遏的鴻鈞。他臉孔扭曲，眼睛都快噴火了。

「×，×你媽的林家豪！你有種再跟我講一遍，看我會不會把你的賤嘴打爛！只是叫他理智一點，不要談戀愛談昏頭，居然說……居然說我想把他馬子？明明是他自己昏了頭，沒事拖著杏榕亂翹課，還在期中考前兩天跑去旅行，你是想害杏榕被當嗎？人家不像你這個有錢大少爺，學費自己從樹上長出來！我為了你，拚命跟杏榕保持距離，忍得都快瘋了，現在好心勸你兩句就是想把你馬子？有沒有良心啊！我為什麼要受這種侮辱？你以為你是誰啊？你他媽的×××！#$%^*！@」

接下來就是一連串有如鞭炮的髒話，讓兩人目瞪口呆，不敢相信這些話居然是從溫文有禮的羅鴻鈞嘴裏說出來的。

鴻鈞臉紅脖子粗地罵了快一分鐘，終於停下來換氣。杏榕這才看見他臉上有淚光。他哭了。

「好，你真這麼小心眼是不是？沒關係，大不了我以後離你女朋友遠一點行吧？我絕對不跟她說話，我也不會多看她一眼，就算她坐我旁邊我也拿她當空氣，這樣總可以吧？你爽了吧？」

他又恨恨地罵了一聲「幹」，關掉了攝影機。

杏榕覺得呼吸困難。這時才想到，其實在大學四年裏，鴻鈞對她並不是一直那麼冷淡的。至少在大一的開頭一兩個月，鴻鈞還會偶爾找她說話，然後就忽然……

第一卷影帶到此結束，杏榕找出了大二的影片。

看起來比大一時稍微成熟的鴻鈞，表情有些不知所措。

「今天是大日子，有人跟我告白。翠瑤學妹說她自從入學就很喜歡我。居然會有女生喜歡我耶，真是太難得了。應該慶祝一下，YEAH！」

他僵硬地笑著，對著鏡頭比了個V。然後手停在半空中，不知接下來該怎麼辦。

「那個……我答應她了。難得有女生告白，怎麼可以拒絕人家呢？反正我也不可能跟杏榕在一起，再不趕快交個女朋友，大概就得光棍過一輩子了。我自己失戀那麼傷心，總不能害學妹也傷心。雖然我對她實在是沒什麼感覺啦。不曉得聽誰說過，認真回應對方的愛，也是一種愛。只要我認真對待學妹，我們應該還是會幸福吧？嗯，一定會幸福的。」

他的表情越堅定，眼中的脆弱就越明顯。杏榕好想緊緊把他抱在懷裏，安慰他受到的創傷。

然而他們最後一次見面的時候，她卻在他身上搥了好幾下。

接下來的影片，敘述了他跟翠瑤交往的點點滴滴。鴻鈞確實是很用心地跟翠瑤相處，許多細節都考慮得很清楚，就跟處理銀行公事一樣一絲不苟。

他唯一做不到的，就是在出現情敵的時候，打從心裏表現出嫉妒的情緒。

下一段影片，鴻鈞顯得六神無主，每講兩句話就抹臉，似乎想抹去心裏的不安。

「完蛋完蛋，演戲演過頭了。我只是想跟家豪說，都大三了，叫他用功一點，不要再沒事閒晃，將來找個穩定的工作。杏榕家裏那麼辛苦，就算他不能讓她當少奶奶，至少也給人家一點安全感，結果被杏榕聽到了。」

他緊握著拳頭，差點一拳打在自己臉上。

「這下可好，她一定認為我嫌她家窮瞧不起她。真是有夠該死，我去撞牆算了我！唯一的好處，就是家豪以後不會再認為我想把他女朋友了，呵呵呵，很好很好……好個頭啦！我這大白痴！」

鏡頭忽然轉向天花板，只聽到拳頭用力搥桌子的聲音，光聽聲音就覺得很痛。

杏榕作夢也沒有想到，當年那句讓她留下巨大陰影，懷恨多年的批評，背後居然有這樣的隱情。

鴻鈞的悔恨跟她的委屈，哪一個比較難受呢？

家豪並沒有聽他話好好讀書，不過也沒有繼續閒晃虛度光陰。他開始成名，成為校園偶像，家庭紛爭卻越演越烈，鴻鈞不斷給他打氣做他的支柱，還得努力迴避家豪身邊的另一個人：杏榕。

「真的好可笑。我可以跟她一左一右把家豪夾在中間，坐上兩個小時，輪流接家豪的話。等家豪醉倒又一左一右把他扶回床上，從頭到尾完全不交談，視線也不接觸，像在演默劇一樣，真是白痴死了！以後她跟家豪結婚，我得當伴郎誒，難道要在婚禮上把她當空氣嗎？我到底在幹嘛？就不能把她當成未來的大嫂，好好跟她相處嗎？我自己也有女朋友了，還在鬧什麼彆扭？我真是有夠幼稚……」

杏榕想到兩人幾年來的隔閡，只能無奈歎息。鴻鈞真的不是存心要排擠她，只是冷戰一旦開始，就沒有辦法結束了。

她們還發現當年班級活動的錄影剪輯，不過全部都是杏榕的鏡頭。多半是遠景，也有一些特寫，有時還會加上慢動作，讓她某個細微的表情顯露無遺。這些鏡頭都拍得相當好，很難相信是出自動不動把人頭切掉的羅鴻鈞之手。

每次鴻鈞把活動錄影剪接出來後，杏榕總是發現沒有她的鏡頭。本以為是鴻鈞太討厭她，故意不拍她，現在才知道原來他把她的鏡頭全剪下來自肥了。

然後，決定終身大事的時候到了。

「媽媽叫我不要這麼快訂婚。反正我跟翠瑤要一起出國，等兩人都念完學位再決定要不要結婚。她說我們都還年輕，出國以後可能心情會改變。我是覺得不用再考慮了，既然決定在一起就不要再想東想西，這樣比較輕鬆，否則腦袋會爆開。」

可惜他終究是無法輕鬆過日子，父親病倒了，哥哥姐姐們雖然很樂意分擔醫藥費，但是他們不能讓身體虛弱的母親獨自照顧父親，得要有人搬回老家長住才行。看到兄姐個個面有難色，鴻鈞做下了艱難的決定。

「翠瑤問我為什麼不讓她留下來。她真的不懂嗎？等她留學回來，一定會找到更好的對象，如果讓她為我放棄留學，她將來絕對會嫌棄我。還有她爸媽，花了那麼多心血栽培她讓她出國，萬一被我破壞，一定會恨死我。這擔子太重了，我擔不起。我知道聽起來很沒出息，但我自己麻煩事已經夠多了，為什麼還要被人怨恨？我、不、幹，不幹就是不幹。」

他苦笑著搖頭。

「有時候我會想，我到底愛不愛翠瑤呢？當我們約好要結婚的時候，我真的認定她就是我這輩子的女人，不會再有別人了。這應該就是愛吧？但如果真的是這樣，為什麼我還會碰到這種事？她跟我的道路根本就不一樣啊！事實證明，得來容易的女朋友，要保住可就沒那麼容易了。這也沒辦法，該我的就是我的，不該我的……就別白費力氣了。」

也難怪翠瑤心冷，鴻鈞的習性就是這樣，翠瑤主動向他表白的時候，他心懷感激地接受，努力善待她。等到情況有變，出現阻礙的時候，他卻認定再努力也沒用，直接投降。光是努力回應對方的愛，卻不曾打從心裏渴望和對方廝守，這樣的愛終究是不夠的。

接下來的影片讓杏榕知道，在鴻鈞跟家豪失去聯絡的期間，他是怎麼生活的。

鴻鈞最嚮往的公司沒有錄取他，他只好勉為其難去銀行上班，每天做著自己不喜歡的工作。做得好也沒有什麼成就感，如果出錯就會被狂電。

為了求表現，他會主動去接下別人不想做的工作。日子久了，同事好像真的很依賴他，有什麼麻煩都會找他幫忙。然而在同事之中人緣最好，最受長官看重的人永遠不是他。即使升了官，也不是他想要的職位。

然後父親過世，他本想專心照顧母親，她卻不領情，一直嫌他沒志氣，不該窩在鄉下小地方。他只好硬著頭皮申請調職，等調職通過了，母親卻又生了重病，讓他心力交瘁。經過一番苦苦哀求，總算說服二哥搬回老家跟母親同住。

杏榕一直很疑惑，鴻鈞的條件明明不差，為什麼對自己的評價那麼低？現在謎底終於揭曉了。在別人眼中他是年輕有為的青年才俊，事實是他一直無法達到自己理想的標準，怎麼也擺脫不了挫折跟辛酸。

回到熟悉的城市後，鴻鈞開始試著聯絡家豪，但是家豪已經失蹤了。

「我……我大罵了杏榕一頓。我居然罵她……」鏡頭中的鴻鈞，臉色白得嚇人。「明明是張家豪那混蛋不告而別，我罵她做什麼？可是……可是……我忍耐那麼久，只希望他們兩個可以幸福快樂，現在他們居然分了！為什麼連他們兩個都分手？這到底算什麼啊！」

他垂下眼睛，深吸幾口氣，忽然苦笑起來。

「老實說，當我聽說家豪離開的時候，第一個念頭是『他為什麼要走』，第二個念頭卻是『那我是不是可以追杏榕了』。他×的我這人怎麼這麼噁心啊？到了這種時候還在為自己打算，我還是人嗎？從今天開始，杏榕大概會連聽到我名字都想吐吧？這樣也好，反正我也蠻想吐的。總之啊，以後只要有女人要我，個性又不討人厭，我就直接娶回家了。什麼夢中情人真命天女的，根本不用肖想，我這種人配不上那樣的女孩。現在只要林家豪快點滾回來，好好守著杏榕，我就滿足了。」

瀾伊吹了聲口哨，「也就是說，他為了斷自己的後路，故意講難聽的話罵妳？犯得著這麼刻苦嗎？」

杏榕默默搖頭。鴻鈞對自己真的太嚴苛了。對自己殘酷的人，往往會不小心傷到別人，然後再加倍懲罰自己。

然而還有更多懲罰等在後面：雖然找到家豪押著他就醫，家豪卻不顧他的苦勸偷偷跑掉，接下來是最後一記重擊——家豪的死。

鴻鈞坐在自己車裏，臉色慘白有如敷了一層石灰，眼睛沒有焦點，聲音沒有抑揚頓挫。

「今天是○○年○月○日，○點○分，家豪一個多小時前過世了。我剛剛跟禮儀公司大致談了一下，現在要回去醫院看杏榕，她被狗仔騷擾還扭到腳，有夠倒楣……」

他木然的表情瞬間破裂，一拳搥在方向盤上，開始破口大罵。

「幹！幹你×的林家豪，居然死在我面前！你他×的廢物！我早叫你住院治療早叫你戒酒的！你耳朵聾了不會聽人話是不是？到底把別人的好意當什麼？這麼早死是要幹嘛啦！有人規定天才一定要早死嗎？白痴啊你！幹幹幹幹幹！現在我還得去安撫杏榕，幾年沒講話，居然在這種時候見面？開什麼玩笑！天哪，天哪我要跟她說什麼？你告訴我啊！有種從棺材裏跳出來自己面對她啊！王八蛋！讓我死了算了！」

他趴在方向盤上痛哭了兩分鐘，然後跟了他一輩子的習慣再度登場。深呼吸，吸氣，吐氣，把情緒壓下來。

「好了，我要冷靜一點，不可以這樣子見杏榕，她一定比我更難過。冷靜，振作一點。沒事的，不會有事的，沒事……」

他關掉攝影機。想必接下來他仍然一路催眠自己，直到他澈底變成當初回到醫院急診室，那個面無表情，藉著冷漠言語來保持平靜的男人。

杏榕泣不成聲。她一直以為那天在醫院發生的一切是她人生最黑暗的一頁，然而鴻鈞所面對的一切才是撕心裂肺。

瀾伊低聲問：「還要再看嗎？」

杏榕哭到喘不過氣來，只能不斷搖頭。她的視線已經模糊一片，她的心也沒辦法再承受了。

瀾伊把記憶卡放回箱裏，卻找到另一個東西。

「呃，這妳還是看一下吧。」

一個信封，上面寫著「給杏榕」，裏面是一張記憶卡，最近的影片。裏面的鴻鈞，領子上繫著杏榕手做的領帶。

「嗨，杏榕，那些東西妳應該也看得差不多了，很噁心哦？所以我說，只要鏡頭一直對著我就會拍到怪物，我自己拍完都不太敢看。是說我沒事還把自己發瘋的嘴臉拍下來，實在有夠神經的。但是……」他猶豫了一下，「這影帶裏面的話，我平常是絕對說不出口的，只能對著鏡頭說。我想把它們留下來埋在土裏，也許幾十年幾百年後，會有人把它們挖出來。我只希望，至少有一個人聽到，看到這些東西。雖然只是無聊的自言自語。對，我很無聊，我知道，劉瀾伊小姐妳就不用再囉嗦了。」

瀾伊嘖了一聲。

「但是，我現在決定把這箱子交給妳。因為妳說我對妳的待遇跟對翠瑤一樣，這不是真的。不管我多努力，還是沒辦法讓翠瑤取代妳在我心裏的地位。就因為這樣，我更覺得自己對不起翠瑤。我向來是被人感謝的一方，沒有辦法帶著愧疚活下去。只是現在我對妳的愧疚也消不了了。所以我決定讓妳看到我最醜陋的一面做為補償，只給妳一個人看。劉瀾伊妳是看熱鬧的，不算。」

「你再扯啊！」瀾伊居然跟螢幕上的人吵起架來了。

「杏榕，我知道我給妳帶來的傷害是沒辦法道歉的，但是有一句話一定要說。對不起，我不該動不動拿家豪來刺激妳。因為我直到現在，還是不敢相信妳真的會選擇我。妳說的沒錯，我是個沒出息的人，而且是個偽君子。但是我希望妳知道，只有在妳面前的時候，我不是怪物也不是偽君子，只是個普通人。我這輩子，也只有這段時間過得最自在。說真的是妳在守護我，而不是我照顧妳。所以我真的很感謝妳，希望妳的下一個對象是一個真正配得上妳的人，不要像家豪那麼任性，也不要像我這麼彆扭，祝福妳。」

他停了一秒，又加了一句，「我愛妳。」

這一次，杏榕相信他是真心的。

＊　＊　＊

看完木箱裏的影片後，杏榕覺得平靜多了。她很高興鴻鈞願意把他最深的祕密跟她分享，讓她明白他的真心。

她甚至認為，本來就應該把鴻鈞讓給翠瑤。畢竟只有翠瑤一開始就看到鴻鈞的好，真心地愛慕他。對長年被挫敗籠罩的鴻鈞而言，這樣的女人才是真正適合他的對象。

況且從上大學開始，她就一直被兩個男性深深地愛著。雖然家豪愛她的方式不是很正確，鴻鈞則是從來沒有表現出來，但是長年被這麼多的愛包圍，杏榕覺得自己非常幸福，比翠瑤幸福多了。

她平心靜氣地上課、做拼布，只想把這間集合了三個人的心意和夢想，還有瀾伊的勞力和毒舌的「光之翼」好好經營下去。

可惜她連這點也做不到。

店面的租約到期了。杏榕本來以為只要加店租就好了，事實卻是，房東根本不想加店租，而是要把店面收回去自己作生意，完全沒有轉圜的餘地。

房東只給了兩個禮拜的緩衝期讓她們清理東西，連找新店面的時間都沒有。

面對著一連串的打擊，杏榕已經筋疲力盡了。

都已經這麼努力了，運氣卻還是不幫忙，除了認輸還能怎麼辦呢？

至少這應該算是「雖敗猶榮」吧。

＊　＊　＊

翠瑤再過一天就要動手術了，大家的心情都很緊張。

為了作手術前最後一次檢查，護理師把她推出病房，她母親利用時間躺在躺椅上補眠，父親出去抽煙。鴻鈞走出病房透氣，望著長而陰暗的走廊發呆，怎麼也想不透自己的人生到底出了什麼差錯。

前一天晚上，翠瑤的父母把他拉到一邊，低聲下氣懇求他跟翠瑤結婚，一來為她沖喜，二來增加她的求生意志，順利撐過手術。

這個要求雖然過分，但想到為人父母的心情，他也無法苛責他們。鴻鈞撐著快要充血的腦袋，要求時間考慮。結果也只爭取到一個晚上的時間，他們希望他在翠瑤檢查回來之後答覆。

他其實沒有什麼考慮的餘地。如果拒絕，翠瑤就會非常傷心，萬一手術出了狀況，就是他的罪過。他會變成罪無可赦的壞人。沒有人喜歡當壞人。

如果答應……

難道一生都要這樣不斷讓步，讓到無路可退為止嗎？那個盡頭又在哪裏呢？

他不知道，只知道他恨不得立刻化為泡沫消失。

隨著清亮的腳步聲，走廊的另一頭出現一個他意想不到的身影：劉瀾伊。

「哈囉，羅襄寶貝，好久不見。是說你真的很上鏡頭欸，要不要考慮去當演員啊？」

「妳來幹嘛？」

「別擔心，我不是來找你那位『物盡其用』學妹吵架的。只是要給你這個東西。」

鴻鈞一頭霧水地接過她遞來的乾洗店袋子，而在裏面的透明密封袋裏，放的正是那幅「光之翼」。

「馬上就要賣掉了，最後再讓你看一眼。」

「賣掉？什麼意思？」

「網路上有人下單呀，價錢很好呢。所以我特地送去乾洗，才能漂漂亮亮地出貨。」

「誰管妳價錢好不好，這是招牌怎麼可以隨便賣？」

「房東趕人啦，所以拼布教室完蛋了呀。」瀾伊一臉不在乎，「設備跟學生全部轉給巷口那家財大氣粗的連鎖店，等今天下午簽完約，我跟杏榕就要閃人了。」

「今天下午？妳們為什麼不先跟我商量？」

瀾伊覺得他問的很可笑。

「跟你商量又怎樣？你幫得上忙嗎？況且你已經自動棄權，沒資格過問這些事了。」

鴻鈞張嘴卻出不了聲。他還能說什麼呢？

「好啦，我該去交貨了。我想杏榕應該會把賣這張畫還有賣設備的錢通通給你吧，畢竟你以做戀愛慈善事業為終身職志，一定會很缺錢的。你就不用客氣，大方收下來吧！」

「劉小姐，難得妳長這麼漂亮，講話可不可以不要這麼狠？」

「這很難耶，天生麗質難自棄嘛。況且有我這種惡毒無情的人，才更顯得你羅大善人的深情可貴，你要感謝我才對。在下告辭了！」

鴻鈞靠在牆上，拼命忍住大吼大叫或搥牆的衝動。上次這麼失控，是在家豪過世的時候。他對著手機盡情抓狂，直到現在想起來都覺得可恥。他決定把自拍的詭異習慣改掉，結果滿腔的怨氣更加沒地方發洩。

一個白髮蒼蒼的老人，推著輪椅上的妻子回到病房門口。

「羅先生，怎麼站在這裏發呆啊？」

鴻鈞擠出笑容，「陳伯伯，散步回來啦？」

陳伯伯的妻子癱瘓多年，最近因為併發症住院，跟翠瑤同病房。陳伯伯每天二十四小時守在妻子身旁，細心熟練地照顧著，看到的人沒有一個不感動的。

鴻鈞跟陳伯伯聊過幾次，發現他們夫妻的人生波折起伏之大，連最狗血的電視劇都成了小兒科。

先是家人反對婚事，鬧了好久的家庭革命；然後買房基金被倒會賠光，兩人只好住在大家庭裏受氣，吃了無數苦頭才找到房子搬出來。接下來又連續兩次流產，好不容易順利生下的女兒卻不學好，到處惹事生非，甚至離家出走，好幾年後才恢復聯絡。正要安享晚年的時候，妻子卻癱瘓了。

鴻鈞實在無法想像，這樣的人生要怎麼熬下去，但是陳伯伯跟陳伯母依然守在一起。也許就是因為有彼此的陪伴，他們才能度過一次次的暴風雨吧。

這時，隔壁病房的看護走出來，看到鴻鈞跟陳家兩老，笑著說了一句話。聽到這話，陳家兩老都笑了，鴻鈞卻笑不出來。

他的胃裏有酸液在翻攪，有如即將爆發的火山。他知道，自己一輩子都不會忘記此時此刻，還有這句話。

＊　＊　＊

「雙方對合約內容都清楚了吧？有沒有不懂的地方或是其他意見？」

在律師事務所裏，律師最後一次詢問雙方當事人。杏榕搖頭，獲利最多的程老師當然不會有意見。

「那就請雙方簽名……」

「杏榕，等一下！」

衝進來的，是上氣不接下氣的鴻鈞。

「對不起各位，拼布教室不賣。還有，借用一下張老師。」

也不管其他人的反應，他把杏榕拖出了事務所。

「鴻鈞，你在幹什麼？你怎麼知道今天要簽約……」

看到他手上的乾洗店袋子，杏榕明白了。

「是瀾伊跟你說的？真受不了她！」

鴻鈞的氣還沒喘過來。「我好不容易才把她攔下來，把東西拿回來，累死我了……不這個不重要，重要的是，不要賣『光之翼』。我會拜託房貸部門的同事幫忙留意便宜的店面，拜託妳不要賣掉。」

「我已經跟程老師說好，也向學生宣布了……」

「那些都是細節，可以解決的，我會跟妳一起解決。」

「你沒有時間處理這些。」

「我有。」鴻鈞斬釘截鐵地說：「我已經幫翠瑤請了看護，以後不會再去醫院了。從此以後，我的時間只屬於妳，還有『光之翼』。」

杏榕錯愕地看著他，然後歎了口氣。

「鴻鈞，我知道你真的很在乎『光之翼』，你會盡一切力量保護它。但是我也很愛它，所以我絕對不會利用它來逼你回到我身邊，這樣太低級了。」

「不是這樣……」

「我很抱歉，不該說你是看誰慘就照顧誰，我知道你只是愛操心，放不下身邊的人。我現在其實還好，雖然很難過，但我一定會撐下來的。我跟瀾伊打算合開工作室，自己作東西自己賣，搞不好還比教課輕鬆，你不用擔心我。」

「我真的……」

「你已經決定要照顧翠瑤了，不是嗎？既然下定決心就要貫徹到底，不可以三心兩意，這樣不會有好結果的……」

「妳可以先聽我講嗎？」

「哦……請說。」

「世界上最慘的人不是翠瑤也不是妳，是翠瑤病房裏的陳伯伯。他辛苦照顧癱瘓的老婆十幾年，結果今天隔壁病房的看護說：『我真的覺得你們這間病房應該叫做『愛情病房』，裏面一口氣住了兩個疼老婆的好老公耶！』這麼好的人居然跟我這種偽君子並列，還有比這更慘的事嗎？」

「呃……」杏榕不太了解他的邏輯。

「接著我就想到，我一直勉強自己做不想做的事，只為了讓不相干的人稱讚我是好人，卻一直傷害我最重要的人，這樣做有意義嗎？我才不是好人，我是個沒藥救的笨蛋兼渾蛋。」

「你幹嘛老把自己講成這樣？」

「我還沒說完。然後我就說，『謝謝您的稱讚，但我不是翠瑤的老公，我也不是她男朋友。我另外有女朋友，我非常愛她，所以不能接受您的讚美。』當場氣氛非常僵硬，可是我心裏很爽，爽得不得了。」

杏榕驚得差點合不上嘴。「你……當著病人的面這麼說？」

「翠瑤不在場。不過如果她硬要逼我表態，我一樣會這樣回答她。」

這樣真的行嗎？杏榕的腦子快炸開了。

「然後我就請了看護，跟翠瑤的母親說我非回去上班不可了，以後就請看護幫忙，錢我來出。哦對了，在那之前我還先打電話阻止瀾伊交貨，不過我覺得她並沒有真的要賣的意思，那女人奸詐得很……這個不重要，重要的是我不會再任由翠瑤予取予求了。她有家人還有看護，沒有理由一直依賴我。」

「她一定會受到很大打擊，如果病況加重……」

「這也沒辦法，我請那多假，郭經理已經快抓狂了，她總不會希望我被開除吧？不過這只是表面的理由。這世界到處都是責任，我不可能面面俱到，只能把最多的精力，花在最重要的人身上。這個人就是妳。」

他握住杏榕的手。

「杏榕，我這輩子都在忙著討好周圍的人，甚至一再放棄重要的東西。現在我總算明白，有些東西是絕對不能放棄的。愛一個人就要有奮戰到底的心理準備，我已經準備好了，要做一個真正配得上妳的人。妳願意給我機會嗎？」

杏榕凝視著他的臉。這張臉上每一個細微的表情，都可以深深打動她。她曾經兩度錯過這個人，每次他都會再度出現，變得更加耀眼。

他絕對不是家豪身邊不起眼的跟班，而是她夢寐以求的伴侶。

杏榕靠進他懷裏，享受著那久違的溫暖。鴻鈞緊抱住她，兩個人的心跳化成旋律，在她耳邊迴盪著。

這個旋律，將會帶著他們一路飛翔。

＊　＊　＊

新教室比較小，離原來的社區有點遠，不過沒有競爭者，招生比較容易。舊學生當然流失了不少，但也有死忠的學生跟著轉來這裏。

杏榕每周都會設計新的紙型上網分享，還會不時舉辦活動，所以「光之翼」的網站大受歡迎，下單購物的人也不少。

鴻鈞還是每天在銀行忙得天昏地暗，但是工作一結束，他就會立刻回到杏榕身邊。

翠瑤的父母曾經去拜訪鴻鈞，再度提起結婚的事。鴻鈞非常鄭重地告訴他們辦不到，因為他只是以翠瑤朋友的身分照顧她，不可能為了她接受只有同情的婚姻。

兩老只得放棄，反過來要求他不要再去醫院，免得刺激翠瑤。鴻鈞一臉遺憾地答應了。

鴻鈞把木箱裏的影片全部刪掉了，他現在身邊有人會聆聽他的真心話，再也不用對著鏡頭自言自語。

木箱則清出來放杏榕珍藏的布料，她用這些布做出更多大型的作品，其中大部分都被王俊雄拿去當做送客戶的禮物。不過她最受歡迎的，仍然是用舊衣改造的作品，尤其是那幅「光之翼」。

有手工藝雜誌來訪問杏榕，問她：「妳覺得拼布除了是一門手藝跟工作之外，是否也影響到妳的人生觀呢？」

杏榕想了一下。

「我本來認為，人不能改變，但布料可以改變，這就是拼布美妙的地方。不過我現在發現，人跟布料其實都不能改變，他們的本質是固定的。我們能做的，就是用不同角度來看待他們，發掘他們隱藏起來，美好的另外一面，這時可能就會有奇蹟出現。」

訪問的小姐連連稱是，也不知她到底聽懂了沒。

杏榕並不在乎。她的心思飛回了昨天夜裏，一個奇妙的片刻。

她跟鴻鈞懶洋洋地坐在沙發上看電視，遙控器轉來轉去就是找不到想看的節目。兩人輪流打著呵欠，都沒說話。

杏榕開始猜想，他們是不是已經快要進入老夫老妻階段了？未來幾十年的人生是不是都會像這樣？

鴻鈞轉到一個歌唱節目，正在播〈光的翅膀〉的ＭＶ。

杏榕聽著那熟悉的優美音樂，忽然想到，她曾經認為家豪是她命中註定的剋星，把她傷得遍體鱗傷；他也給鴻鈞帶來巨大的陰影，害得鴻鈞跟她錯過這麼多年。但是促成鴻鈞跟她重逢，並且創立「光之翼」，一路互相扶持的人，不正是家豪嗎？

所以換個角度來說，家豪應該是守護他們兩人的天使才對。

就在這時，她強烈地感覺到，家豪就在他們身邊。他坐在她和鴻鈞身邊，就跟當初她和鴻鈞坐在他兩邊喝酒時一樣。

杏榕覺得非常溫暖，非常安心，彷彿家豪正伸出雙臂，攬著他們的肩頭。她閉上眼睛不敢開口，生怕打破這神奇的一刻。心裏納悶著，不知鴻鈞有沒有感覺到。

下一秒，鴻鈞伸手過來握住了她的手。他感覺到了。

杏榕熱淚盈眶，同樣緊緊回握。

電視上的音樂聲漸漸減弱，她感覺到家豪慢慢離開他們，臉上還帶著平和的笑容，跟他生前充滿苦惱的表情完全不同。

杏榕在心裏說，謝謝你，家豪，再見。

她靠在鴻鈞懷裏，下定決心要永遠記住這一刻。

以後，不管遇到多少困難，或是碰到倦怠期，她相信她跟鴻鈞都可以度過的。
因為家豪已經送給他們一對足以穿過任何黑暗，閃閃發光的翅膀。

（完）

要青春39 PG2013

要有光 FIAT LUX

為你縫補的翅膀

作　　者	Killer
責任編輯	喬齊安
圖文排版	楊家齊
封面設計	蔡瑋筠

出版策劃	要有光
發 行 人	宋政坤
法律顧問	毛國樑　律師
印製發行	秀威資訊科技股份有限公司 114台北市內湖區瑞光路76巷65號1樓 電話：+886-2-2796-3638　傳真：+886-2-2796-1377 http://www.showwe.com.tw
劃撥帳號	19563868　戶名：秀威資訊科技股份有限公司 讀者服務信箱：service@showwe.com.tw
展售門市	國家書店（松江門市） 104台北市中山區松江路209號1樓 電話：+886-2-2518-0207　傳真：+886-2-2518-0778
網路訂購	秀威網路書店：https://store.showwe.tw 國家網路書店：https://www.govbooks.com.tw
總 經 銷	聯合發行股份有限公司 231新北市新店區寶橋路235巷6弄6號4F 電話：+886-2-2917-8022　傳真：+886-2-2915-6275

出版日期	2018年9月　BOD一版
定　　價	300元

國家圖書館出版品預行編目

為你縫補的翅膀 / Killer著. -- 一版. -- 臺北
市 : 要有光, 2018.09
面；　公分. -- (要青春 ; 39)
BOD版
ISBN 978-986-96693-7-5(平裝)

857.7　　107014955

讀者回函卡

感謝您購買本書，為提升服務品質，請填妥以下資料，將讀者回函卡直接寄回或傳真本公司，收到您的寶貴意見後，我們會收藏記錄及檢討，謝謝！如您需要了解本公司最新出版書目、購書優惠或企劃活動，歡迎您上網查詢或下載相關資料：http:// www.showwe.com.tw

您購買的書名：______________________________

出生日期：________年________月________日

學歷：□高中（含）以下　□大專　□研究所（含）以上

職業：□製造業　□金融業　□資訊業　□軍警　□傳播業　□自由業

□服務業　□公務員　□教職　□學生　□家管　□其它_____

購書地點：□網路書店　□實體書店　□書展　□郵購　□贈閱　□其他

您從何得知本書的消息？

□網路書店　□實體書店　□網路搜尋　□電子報　□書訊　□雜誌

□傳播媒體　□親友推薦　□網站推薦　□部落格　□其他__________

您對本書的評價：（請填代號　1.非常滿意　2.滿意　3.尚可　4.再改進）

封面設計____　版面編排____　內容____　文／譯筆____　價格____

讀完書後您覺得：

□很有收穫　□有收穫　□收穫不多　□沒收穫

對我們的建議：______________________________

____

____

____

請貼
郵票

11466
台北市內湖區瑞光路 76 巷 65 號 1 樓
秀威資訊科技股份有限公司 收
BOD 數位出版事業部

....

（請沿線對折寄回，謝謝！）

姓　名：____________________　年齡：________　性別：□女　□男

郵遞區號：□□□□□

地　址：____

聯絡電話：(日) ____________________ (夜) ____________________

E-mail：____